CRÓNICAS DE UN AMOR DESQUICIADO

CRÓNICAS DE UN AMOR DESQUICIADO

Patricia Lasso R.

Número de Control de la Biblioteca del Congreso de EE. UU.:   2017901569
ISBN: Tapa Dura   978-1-5065-1861-9
                         Tapa Blanda   978-1-5065-1860-2
                         Libro Electrónico   978-1-5065-1859-6

Información de la imprenta disponible en la última página.

Fecha de revisión: 01/02/2017

Para realizar pedidos de este libro, contacte con:
Palibrio
1663 Liberty Drive
Suite 200
Bloomington, IN 47403
Gratis desde EE. UU. al 877.407.5847
Gratis desde México al 01.800.288.2243
Gratis desde España al 900.866.949
Desde otro país al +1.812.671.9757
Fax: 01.812.355.1576
ventas@palibrio.com
756221

Índice

PRIMERA PARTE
"El universo cambia"

SEGUNDA PARTE
"Cambia al universo"

A mis amigos,
que me apoyaron siempre
a lo largo de este camino.

Primera Parte

"El universo cambia"

I

«"El verdadero amor no te hace sufrir" dicen algunos, pero lo cierto es, que no hay nada por lo que estemos más dispuestos a sufrir que por amor.»

Una extraña sensación de vacío, de inquietud, se apoderaba del ambiente. El día se veía como cualquier otro, pero en él, en la brisa, en el silencio de las aves y hasta en el olor de las florecillas algo se notaba distinto. Era especial. No necesariamente malo ni bueno, sólo diferente. *Quizá un cambio del clima* – pensó el chico, fijando la vista en el camino que las nubes recorrían lentamente.

La presencia del verano apenas se sentía por las noches, en los estremecimientos de la helada madrugada y en la oscuridad profunda del cielo a aquellas horas.

Durante mucho tiempo y el constante discurrir de las estaciones, a él le daba la sensación de que el clima obedecía más a estados subjetivos que a leyes naturales. *La misma realidad* – pensaba - *quizá no pasa de un mero producto de nuestra mente. Es algo abstracto e intangible que no puede experimentarse tal y como es. Es tal vez un estado de nihilismo que llega a materializarse sólo por medio de la percepción de cada individuo, que la crea para sí.*

Y entonces, él habitaba un mundo creado por y para ella.

Si ella reía, todo se iluminaba y de pronto el universo parecía un lugar más feliz y placentero. Si una lágrima se deslizaba por sus pálidas mejillas, una melancólica lluvia se desbordaba sobre la ciudad.

Al menos, sus ojos lo veían de ese modo. Y al menos su oculta y permanente mueca de descontento por la vida se tranquilizaba con la imagen siempre calma que aquella chica proyectaba para con los demás. Por lo general nada le afectaba, siempre estaba serena, y por lo mismo el ambiente para él mostraba una similar serenidad.

Eso era bastante para vivir en paz, durante muchos años fue así, pero ahora ¿por qué de pronto el aire soplaba de manera tan inusual?

Por su mente pasó la idea de que ella estuviese viviendo algo ingrato, pero tras verla aparecer por la esquina de la cuadra de en frente desechó esa posibilidad.

Su paso lento, silencioso y constante deslizándose por la vereda, entre los arbustos y la hierba, era el mismo de siempre. Sus ojos cafés permanecían posados sobre las páginas del libro de turno, sostenido en la mano derecha mientras la izquierda se ocupaba de mantener la falda roja y negra a tablones del uniforme lejos de la influencia del viento, que a ratos la elevaba lo bastante como para dejar a la vista más de lo necesario.

Al mismo tiempo el paso de la brisa se hacía suave alrededor de las finas facciones de su rostro, desordenando apenas sus largos cabellos castaños que caían ondulados sobre la espalda y hombros de su blusa blanca.

El chico en el balcón cerró los ojos un instante, escapando del hechizo que cada tarde le provocaba aquella muchacha. Enseguida volvió a fijar sus ojos negros sobre ella, reflejándola con avidez en el brillo de sus pupilas.

Paula –que era su nombre- representaba un estímulo incomprensible y embriagador. Sin saberlo, sin proponérselo, sin desearlo siquiera, era la única persona que podía dibujar una breve sonrisa sobre la inexpresiva faz de un desconocido. Y ese desconocido pensaba para sí que nada era más importante en la existencia de aquella chica, que servirle a él de conexión con el lado amable de la vida. Porque ninguna otra cosa podía proveerle similar sensación.

Pero, cuando ella llegó hasta la puerta del condominio él se despegó del balcón, evitando la posibilidad de que sus miradas se cruzaran.

En el reloj de su departamento daban las 14:00 en medio de la quietud del ambiente y el mutismo de aquel espacio blanco y desolado.

Cuando su abuela no estaba, toda señal de vida empezaba a desvanecerse. Entonces daba la impresión de que nadie hubiese estado allí por cientos de años. El blanco de las paredes, el eco de las pisadas sobre la loza de mármol, el fresco olor a lavanda de las cortinas de encaje dando hacia el balcón, cada sentido captaba la señal respectiva a su función, pero algo quedaba flotante en aquel espacio escasamente iluminado.

Ese "algo" resultaba un misterio para el chico, que lo encontraba insoportable y molesto. Como una voz que llamaba desde lejos, como un sueño que se olvida al despertar, o simplemente como el presentimiento de que las defensas que nos forjamos caerán de repente por obra de una fuerza fuera de nuestro control.

Aquella dulce-amarga espera tanteaba cada día el límite de su cordura, y antes de probar su propia resistencia él optaba por huir, dejando atrás su desesperación y el silencio de su mente ante la interrogante supuesta.

Esa tarde antes de salir a la calle llevó consigo uno de sus libros favoritos, intencionalmente para perderse en las palabras del autor y pasar desapercibido entre los devaneos del entorno.

El cielo mostraba un especial tono grisáceo, similar al de las nubes antes de una tormenta, que ensombrecía la joven tarde y le daba el aspecto de un triste anochecer. Pocas personas deambulaban por la cuadra a tales horas, algunos niños jugando y un par de parejas dirigiéndose hacia el parque cercano a la zona de los condominios.

El chico tenía la costumbre de andar y desandar el tramo alrededor del edificio más grande –en donde vivía-, a veces contando las flores silvestres que nacían de un día para el otro. Ambos edificios contaban con cerca de diez pisos, de dos departamentos cada uno, aunque los situados en el edificio norte –el más pequeño- tenían una amplitud más reducida.

Entre ambos edificios de color gris oscuro se cerraba un área de más de 30 m², en donde quedaba una improvisada cancha que los niños utilizaban para la práctica de distintos deportes, además de algunas bancas de metal pintado de negro, y un pequeño huerto que el encargado cuidaba con obsesivo esmero.

Fuera del enrejado metálico que rodeaba al área crecía la hierba libremente, adornada por las florecillas blancas. Durante el verano nadie se preocupaba por arrancarlas, al no haber peligro de que el agua de las lluvias invernales se estanque para formar un sitial de desarrollo a las larvas de algún insecto.

Así, las cercanías de ambos edificios lucían ahora un aspecto descuidado, al mostrarse como ocultos entre la hierba que llegaba hasta cerca del medio metro de altura.

Ciento veintiséis flores – se dijo el joven, regresando tras su actividad de conteo la atención hacia el librito que cargaba. Pero entonces un grito a lo lejos le hizo levantar la mirada, ante lo cual se topó enseguida con los ojos profundamente oscuros de una colegiala, que corría desesperada por la vereda en dirección opuesta a él.

El uniforme que portaba era del mismo colegio que el de Paula –notó-, pero la falda que ésta chica llevaba era bastante más corta, y la blusa estaba ajustada a su figura, además de abierta en el escote por uno o dos botones más de lo usual. Cambiando la dirección de su mirada desde la chica hasta la opaca figura que venía tras ella, el chico pudo ver que un enorme y agresivo *pitbull* café la perseguía, razón totalmente entendible para escapar.

Él dio unos pasos al costado, esperando que la colegiala siguiera su carrera de largo, pero en una acción imprevista ella se lanzó sobre el chico clamando por ayuda, y quedando primero en una posición en que sus piernas rodeaban la cintura de él. Posteriormente la fuerza del chico cedió a la presión del cuerpo ajeno, derribándolo de manera que ella quedó sobre sí, en medio de la vereda y ante la vista de algunos de los niños que jugaban en la cancha del interior.

Por unos brevísimos segundos ambos tuvieron la oportunidad de explorar en detalle la mirada del otro. El chico sentía el roce de las piernas de la desconocida aún contra su cintura, y en un acto instintivo quiso subir su mano hasta una de ellas.

El contacto hizo que la chica saliera del trance, por lo que se levantó de prisa y dio un salto por encima de él para seguir su camino apresuradamente.

Él se incorporó con calma, quedando sentado en el piso y encontrándose de frente con el perro que venía corriendo y se detuvo a escasos centímetros, ladrando ferozmente tanto a él como a la chica que estaba escalando las ramas de un árbol cercano, que llegaba a unos 6 m. de alto.

Los niños que observaban la escena habían dejado su juego de lado, expectantes por el que creyeron sería un irremediable ataque del perro hacia un joven que conocían. Sorprendentemente, tras unos segundos de cruzar mirada con el animal, él levantó la mano derecha, posándola sobre la cabeza del can que se acercó a lamer su rostro en señal de cariño.

La chica en lo alto del árbol esbozó una breve sonrisa ante el hecho, mientras sus ojos negros se iluminaban.

La brisa fría sopló de repente, haciendo estremecer la rama en que se hallaba parada. El chico elevó la vista al cielo, quizá más gris ahora que a su salida, pero sus ojos se desviaron hacia la figura de aquella desconocida.

- Me vendría bien un poco de ayuda, ¿sabes? – dijo ella de pronto, mientras su pie derecho buscaba a ciegas una rama inferior donde sostenerse.

Haciendo caso omiso a la petición, él se levantó y empezó a buscar su libro en el piso. Le había perdido el rastro desde la aparición de la chica, y era lo único que escasamente le preocupaba del presente escenario.

- Es bueno saber que aún hay caballeros en este mundo – arrojó ella el libro desde los tres metros que la separaban del piso -. *Veinte poemas de amor y una canción desesperada...* Realmente no pareces del tipo romántico.

En ese momento, la chica aterrizó de un salto, dándole una orden al perro para que permanezca sentado, y acercándose al chico. Era más bien baja de estatura, por lo que tuvo que elevar su vista para poder enfrentarse con la de él.

La escena debía verse pintoresca desde la distancia, por las maneras tan infantiles que la chica mostraba. El timbre de su voz y los saltitos que daba de vez en cuando podían alterar hasta al más calmo de los seres.

- Soy Marina, un placer conocerte – tendió la mano con toda franqueza.

El saludo se perdió en medio del gesto malhumorado de su interlocutor, que la miró de pronto con genuina desconfianza, a la par que hastío. Se agachó para tomar el libro, y de forma poco amable aprovechó para inspeccionar de arriba-abajo a la muchacha.

Era de tez blanca y una figura delgada con curvas muy sutiles, adecuada a una niña de catorce años –que es la edad que él le apuntó mentalmente-. Tenía los ojos negros y grandes, con una expresión de lo más despreocupada, aunque misteriosa. El cabello oscuro le caía lacio a la altura de los hombros, con un flequillo tapándole parte de la frente y desapareciendo tras su oreja izquierda.

- Eres sólo una niña.

Ella sonrió.

- ¿Eso crees?

Sin mediar más palabras, la mano de ella agarró al chico por la camisa que llevaba, acercándolo lo bastante para permitirle erguirse y darle un beso. Fue breve, simple, pero lo suficientemente repentino como para dejarlo perplejo.

- Como dije antes, un placer conocerte... Raúl – se separó, dando media vuelta para irse corriendo igual que apareciera.

El perro fue presuroso tras su rastro, y ambos se esfumaron al virar la esquina hacia el edificio norte.

El chico los siguió con la vista hasta donde fue posible, sin alterar el gesto frío que mostraba de costumbre.

Está loca – fue lo primero que pensó acerca de aquella joven. Solamente le quedó la duda de cómo había adivinado su nombre, pero se le olvidó poco después.

El cielo sobre su cabeza continuó gris durante el resto del día, y la noche se levantó tan fría como las anteriores en la estación.

Por supuesto, la sensación de vacío continuó allí también, sin que quien la percibiera pudiese darle una explicación.

II

El nuevo día se alzó cálido sobre la ciudad, y apenas unas pocas nubes flotaban indecisas en el cielo, llevadas por la brisa que soplaba tan fuerte como para hacerlas discurrir entre la inmensidad de la luminosa mañana. Hasta pasadas las 07:00 el chico eludió el llamado del despertador, volviendo a refugiarse entre las sábanas, pero cuando la claridad irrumpió tan violentamente en su habitación ya no pudo volver a conciliar el sueño.

Maldita sea... – fue su forma de darle la bienvenida a aquel sábado, antes de salir y sentarse pesadamente en la primera silla del comedor que apareció en el camino.

Su abuela no se había tomado la molestia de despertarlo, conociendo su mal humor a tales horas de la mañana, pero ahora bastaba con verlo aparecer para empezar a contarle cada pequeño detalle de los minutos transcurridos por su vida sin la presencia de él.

La escuchaba vagamente mientras le servía el desayuno, aunque sus ojos se cerraban de vez en cuando. Su voz le era molesta en los oídos, como el taladro de un dentista justo antes de entrar en la boca del paciente.

Quisiera que se callara – deseó sin mala intención, y enseguida ésta se quedó en silencio, al descubrir algo en el periódico que captó su interés lo suficiente como para perderse en la lectura.

A pesar de ese tipo de pensamientos que eran bastante comunes en Raúl, en el fondo le guardaba un gran cariño a esa mujer mayor, de ojos cafés y cabello apenas castaño.

La persona que había sabido tolerarlo por largos doce años, desde su orfandad. Y él reconocía en su interior que en ese tiempo no fue una buena compañía, porque sólo frente a Karina se comportaba como era en realidad. La amargura, la envidia, el hastío, se quedaban dentro de las paredes de ese departamento en el cuarto piso del edificio.

Para el resto del mundo había una cara diferente: reservada, amable, cordial. Una mentira muy bien elaborada para no llamar la atención.

Porque entre las cosas que detestaba del mundo, la enceguecedora luz que algunas personas despedían estaba en el primer lugar.

¿Cuál es el afán por demostrar una actitud opuesta a la natural del ser humano? Somos miserables desde que nacemos – se dijo, llenándose la boca con una gran cucharada de cereal con leche.

Sobre la mesa del comedor estaba la edición del poemario de Neruda, y verlo le recordó el incidente del pasado lunes. Ya era casi una semana desde entonces, y para su tranquilidad no había vuelto a ver a aquella chica por los alrededores.

Ni a ella ni al perro, que posiblemente le pertenecía. ¿A qué habría estado jugando? Para ser una colegiala no llevaba libros, ni tan siquiera un mísero cuaderno.

Marina, ¿eh?

Repasando su recuerdo había concluido que era un tanto agraciada, quizá más. El problema con ella era lo molesta que llegaba a ser, y eso –pensaba- le traería problemas por el resto de su vida. Seguro pertenecía al tipo de niñas que jamás había tenido que enfrentarse con la realidad y que por eso pensaba que el mundo podía estar en la palma de su mano.

Una actitud diametralmente distinta a la de Paula. Ella, que era una mujer de metas claras y pies bien puestos sobre la tierra. Incluso sin darse cuenta podía cambiarle la vida a las personas, con ese proceder tan afable y refinado. Su voz dulce pero firme sonaba como un cántico en medio del silencio, y su sonrisa podía ser un regalo del cielo en días tan malos como ese en que Raúl la conoció.

De no ser por ella, se habría perdido en un lugar aún más oscuro que donde se encontraba. Con fastidio solía reconocer que en su ubicación actual le restaba la suficiente conciencia para ver lo mucho que se deshumanizaba cada día.

Incluso si con eso no podía desandar el camino.

- Raúl, quiero que le lleves un regalito a Isabela. Acaba rápido con ese desayuno.
- ¿La chica de arriba? – volvió en sí, dejando la cuchara dentro del tazón -. ¿Qué quieres que le lleve?

Su abuela colocó sobre la mesa un pequeño pastel de chocolate, que lucía como recién salido del horno.

- ¿Para qué quieres que le lleve un pastel? A las chicas no les gustan esas cosas, porque las engordan y todo eso.
- A Isabelita sí le gustan – sonrió ella -, y además me dijo ayer que tendría visitas. Ya sabes que la pobre vive sola, así que se me hace un buen gesto el ayudarla un poco.
- ¿Fomentando su inutilidad para cocinar?

Se calló el resto del comentario, salvándose de recibir la recriminatoria de la mujer. Era dueña de un pensamiento simple, en que el mundo sería un lugar mejor si la gente se ayudara entre sí, aunque sea de forma tan extraña como la procuraba.

Raúl terminó el desayuno y se cambió de ropa, para ir a dejar el pastel al piso de arriba.

Vivía en un departamento del cuarto nivel, en el edificio sur. A los vecinos del departamento contiguo, como a los de los otros nueve pisos apenas los conocía -a excepción de Isabela que había entablado alguna simpatía con su abuela-.

El departamento quedaba en la misma dirección del suyo, un piso más arriba.

Tocó el timbre y la puerta se abrió unos cuantos segundos después.

- Mi abuela te envía este pastel – iba a ponérselo en las manos, para irse rápido de allí.
- Isabela, ¿quién es? – escuchó la voz de otra joven al interior, que no le hubiera interesado de no resultarle conocida.

La citada lo miró fijamente, y tras pensárselo un poco abrió la puerta de par en par y lo invitó a pasar, pidiéndole que dejara el pastel sobre el mesón de la cocina.

Aquella era la primera vez que entraba en aquel departamento, que aunque fuese exactamente igual al que compartía con su abuela, también era distinto.

Había un par de cuadros de paisajes sobre las paredes color durazno, cortinas de flores sobre la puerta dada al balcón, y una alfombra café claro cubriendo todo el piso de mármol, que curiosamente acallaba el eco tan molesto que se escuchaba en el nivel inferior.

- Dale mis agradecimientos a Karina por favor – comentó Isabela con un sencillo gesto cortés -. Siempre es muy amable conmigo, y sabe bien mis gustos.
- Comentó algo sobre que tenías visita.
- Así es, pero es más que una visita.

Su expresión era algo parecido a una pesarosa resignación, mientras sus bellos ojos verdes lucían apagados.

En ese momento apareció otra chica por el pasillo hacia las habitaciones. Raúl la vio de reojo, hasta que pudo reconocerla.

- ¿Tú?
- ¡Raúl! Un placer volver a verte – se acercó ella, con la sonrisa de la última vez.

Iba vestida exactamente igual que ese pasado lunes, con el uniforme de colegio.

- Es mi hermana – intervino Isabela enseguida, sin darle mayor importancia a la llamativa presencia de Marina.

Resultaba difícil creer que estuvieran emparentadas. Isabela era bastante más alta, con un cuerpo femenino bien desarrollado, de ojos verdes y largo cabello ondulado que teñía de rubio. El tono de su piel era de color semejante, pero fuera de eso no había otra similitud. Por lo poco que conocía a su vecina, Raúl sabía que era una persona orgullosa, reservada y seria.

Su hermana era el polo opuesto.

- Le daré tu recado a mi abuela – se despidió él, caminando a la salida, pero Marina corrió para interponerse.
- ¿Qué quieres?
- Una calurosa bienvenida. ¡Seremos vecinos! Viviré con mi querida hermana desde hoy. ¿No te alegra? – acabó el discurso haciendo un guiño con su ojo izquierdo.
- No.

La respuesta fue lo que llamaban "absolutamente antipática", pero Marina apenas redujo su entusiasmo con eso. Incluso el brillo en sus ojos se intensificó.

- Y, ¿cómo se llamará nuestro primer hijo?
- ¡¿Ah? ¿Hijo?!
- ¿Estás en la universidad, cierto? – rectificó ella la pregunta -. Eso es muy bueno, que te esfuerces por ser una persona de bien para la sociedad.
- ¿Y de eso tú qué sabes? – protestó él, desechando lo anterior -. Primero crece, y deja de usar el uniforme fuera de tu horario de clases.
- Oh, es que me gusta cómo me queda, ¿a ti no? – se arrimó contra la puerta, cruzando las piernas.

En ese momento Raúl no supo qué pensar. Esa actitud tan ofrecida le colmaba la paciencia, en especial porque no dejaba de ser atrayente. ¿Qué esperaba que hiciera? Pudo haberla hecho a un lado para irse, pero no deseaba dejar muestra de su verdadero ser frente a Isabela, que lo contemplaba todo en silencio desde la cocina, mientras levantaba un cuchillo.

El sonido de la hoja cortando el pastel, y luego sirviendo una rebanada sobre el plato, fue lo único que se escuchó mientras la peor mirada de él estaba fija en los ojos negros de aquella niña.

- Marina, él tiene razón. No me hagas pasar vergüenzas y cámbiate ese uniforme. Después de todo ya te has graduado.
- No tiene nada de malo recordar viejos tiempos – respondió la aludida, mientras su mirada siguió enfrentando la de Raúl.

Él pareció burlarse por un segundo.

- ¿Graduada, eh? Pues deberías preocuparte de escoger una carrera y dejar de portarte como una loba en celo.

Inesperadamente fue Isabela quien reaccionó ante aquellas palabras. El cuchillo que tenía en las manos hizo un fuerte sonido al golpear contra el mesón, haciendo voltear al chico que se vio enfrentado por su severa mirada esmeralda. Esperaba que le hiciera alguna crítica por insinuar tales cosas sobre la honra de su hermana, pero en lugar de eso le preguntó cuántos años pensaba que tenía.

Volteó otra vez hacia Marina.

- Por su tamaño parece de catorce. Puede que sean dieciséis o hasta diecisiete, si es que está graduada ya.

Marina continuaba sonriendo, aunque por fin se apartó de la puerta, como indicando que lo dejaba salir.

- Le devolveré el favor a Karina uno de estos días – terminó Isabela, antes de que él cruzara la salida -, díselo. Y… te equivocaste en la cuenta Raúl. Mi hermana tiene tu edad.

A mitad del umbral fue demasiado tarde para detenerse, a pesar de la duda que le sembraron sus palabras. Por supuesto que no creyó nada entonces, pero los días posteriores no le dieron la razón.

Llevaba cerca de trece años viviendo en la zona, pero en menos de una semana Marina se hizo conocer de los vecinos de ambos condominios. Siendo así, prácticamente no había lugar cercano en que no se hablara de ella. Se volvió una novedad en aquel barrio aburrido y sin gracia, lleno de personas de bajo perfil.

El último en mencionar a la recién llegada fue Gustavo, el único amigo de Raúl por ahí, unos años mayor y que vivía en el edificio norte. En él no debió resultar extraño, puesto que las mujeres eran su especialidad, pero la sutil admiración con que se refirió a Marina acabó por poner a su amigo de mal humor.

- Así que, ¿sí tiene veintitrés?
- No sólo eso. Es graduada de la universidad, a diferencia de ti. Así que como ves, no es una niña sino toda una mujer. Y bastante bonita, lo cual debe ser de familia.
- ¿Lo dices por Isabela?
- Pues ambas son preciosas.
- No lo creo – refunfuñó, interponiendo sus gustos personales a una prueba de realidad.

Para esa época ya Raúl se había percatado que intentaba restarle todo mérito posible a Marina.

- ¿Y me dices que la viste de colegiala? Debe ser toda una revelación – se le iluminaron los ojos a Gustavo -. Aunque ya sé que tu atención es solamente para Paula.
- Se me hace increíble que sea mayor que ella. Es demasiado inmadura.

Gustavo andaba distraído con la computadora, mientras su amigo continuaba desahogándose superficialmente. Fuera posible que su amistad se fundamentara en la pasividad de Gustavo ante las críticas, que lo convertía en un perfecto oyente-espectador. Tal como a su interlocutor el mundo le interesaba poco, pues permanecía buena parte de sus días frente al monitor, aislado de todo contacto humano legítimo.

Raúl no tenía conocimientos concretos acerca de lo que su amigo hacía allí, pero puesto que su egoísmo apenas le daba espacio a concentrarse en algo fuera su propio yo, nunca le preguntaba, y esto era también un factor importante en el mantenimiento de su "amistad".

Así que Gustavo escuchaba, mientras apenas descansaba la vista de vez en cuando, por la molestia que le producía la exposición prolongada a la pantalla. Tenía los ojos de un bonito color miel y el cabello de un tono castaño claro que le hacía juego con ellos, con un aspecto general muy atractivo e impecable para ser alguien que se la pasara encerrado entre cuatro paredes.

Tomó un sorbo de su vaso con vodka antes de posar su mirada más inquisidora sobre Raúl, sentado en el sofá a su derecha.

- Estás en problemas, te lo puedo asegurar.
- ¿A qué te refieres?

Gustavo sonrió, volviendo la vista al monitor.

- Nada, nada. Pero yo de ti tendría cuidado con Marina, por ese interés que me dices que ha puesto sobre ti.
- Eso es porque le gusto – mencionó el otro con total tranquilidad y un dejo de desprecio.
- Yo diría más bien que te está analizando. Es bastante lista.
- No creo que pueda hacer eso.
- ¿No? Después de todo es psicóloga.

"La sensación de ser algo incompleto sigue asolándonos desde dentro. Casi podría ponerse la mano en el pecho y hallar el sitio en donde falta una pieza.

El agujero que queda por su ausencia es por donde se escapan los rezagos de nuestra humanidad. Y año tras año, a pesar de lo mucho que nos encerremos para tapar ese defecto, lo único que se logra es que se haga más grande."

Apenas esa tarde, cuando los colores del día cambiaban a los de la noche, Raúl posó su atención nuevamente sobre el clima. Las jornadas se habían vuelto cálidas y el cielo mostraba durante las horas nacientes un claro color celeste, con unas pocas nubes blancas flotando en su inmensidad.

Ese ambiente pesado de las últimas semanas se esfumaba de pronto, para dejar como herencia algo que llamaba aún más su atención. Todo parecía demasiado en calma, y eso era igual o más preocupante para él que vislumbrar un cielo tormentoso.

El clima se está volviendo loco, tal como esa chica – se dijo, distrayéndose del tema principal para entrar en una reflexión profunda sobre cuestiones de índole meteorológica.

Cuando pasó por la cancha los gritos de los niños lo hicieron voltear, y entonces la vio, jugando junto a ellos. Llevaba unos pantalones cortos de *jean*, una camiseta blanca sin mangas, y unos zapatos deportivos de color negro. El cabello recogido hacia atrás.

Junto a los niños mayores apenas sobresalía en estatura, aunque en el juego era bastante diestra y muy enérgica también. Llevaba la voz cantante en medio del partido, donde parecía desempeñar el puesto de mediocampista.

En el cielo la primera estrella titilaba en la semioscuridad, mientras los faroles de la cuadra y las luces de la planta baja se encendían al unísono.

Sus ojos no perdían detalle de lo que pasaba alrededor, con el temor estúpido y permanente de que el universo dejara de existir, en tanto ella sorteaba los obstáculos sin darse cuenta, por suerte, por gracia, por la injusta benevolencia de los designios del destino.

El grito de gol lo alertó, mientras ella trataba de levantar junto a los chicos al responsable de desempatar el marcador. Respiraba con dificultad y varias gotas de sudor se deslizaban por su frente, pero sonreía. Siempre estaba sonriendo, y quizá eso era lo que a Raúl más le irritaba.

Juro que daría lo que fuera por borrarle esa sonrisa de la cara – pensó, justo antes de que ella lo viera a los lejos y lo saludara de la mano.

III

"El problema con darse por completo, es que no sabes si recibirás en la misma medida..."

¿Está bien condicionar nuestro querer por el temor de quedar expuestos ante el desamor?

Una pregunta que en el pasado se hizo cientos de veces. Mientras las primaveras artificiales pasaban una tras otra, el frío invierno volvió pedazos cada ventana en su palacio de cristal.

Era lo que siempre quedaba, después de la derrota, luego del fracaso y justo antes del renacer. Porque de las cenizas del dolor se alzaban las alas de la esperanza, y gracias a ellas podía seguir su vuelo por el cielo azul, lejos de la soledad y la amargura del mundo que se daba por vencido.

Aunque significara una psicosis en el lenguaje profesional que manejaba, el crear una realidad alterna o vivir en una fantasía era el recurso más grato a la frustración de las vivencias cotidianas. Mientras los sentidos se negasen a experimentar las heridas que los acechaban, el dolor pasaría inadvertido.

Conocía a muchos cuyo estilo era su sello personal.

Estaban también quienes levantaban sólidas defensas contra el golpe que a cada momento estaban listos a recibir por parte de la vida. Eran los mismos que en su interior clamaban por un atisbo de comprensión, de afecto, de aceptación, y para protegerse de la respuesta contraria acabaron por armarse con similares recursos que sus agresores, todo para demostrar su autosuficiencia y ocultar en el fondo de sí mismos las grandes debilidades y miedos que los destruían.

Algunas de las personas más fascinantes y capaces que llegó a encontrar pertenecían a este grupo.

Y creía haber hallado una nueva.

En la semioscuridad que la rodeaba dejó que las cortinas color rosa se corrieran hacia los lados, para que la tibieza de la mañana entrara en la habitación.

Domingo, 06:00. El canto de los pájaros se escuchaba a los lejos, proveniente de los árboles del parque y de los tejados de las casas vecinas. La décima quinta noche que pasaba en el departamento, silencioso todavía como cada momento en que su voz tenía que apagarse para comodidad de Isabela.

Marina se había esforzado en no cambiar los hábitos de su hermana, ayudándole además con los quehaceres y las compras, pero el tono seco en que le hablaba era indicativo que aún no la daba por bien recibida. De no ser por sus necesidades económicas seguro lo reconsideraría, pero el dinero que su hermana le daría mes a mes le era imprescindible ahora para pagar el aumento en el alquiler, así como otros gastos.

Sus padres destinaban la misma cantidad de dinero para sus hijas, pero al vivir Marina hasta hace poco con sus abuelos paternos, gastaba poco en comida y nada en vivienda, lo que por años le permitió ahorrar. Por el contrario Isabela se había independizado apenas cumplir la mayoría de edad, viviendo desde entonces en el departamento; pero alguna circunstancia adversa para ella –a más de su "vicio" secreto por el helado de chocolate- la dejaban necesitada de un capital más alto.

Hasta antes de la llegada de su hermana menor su mundo era una permanente estancia de quietud y mutismo. Las pocas horas que no estaba fuera ocupada con sus deberes de estudiante, las pasaba tumbada jugando videojuegos en su habitación, o en el sofá grande de la sala viendo películas viejas y comiendo cenas congeladas o cualquier cosa que se le antojara pedir por teléfono. En la puerta del refrigerador estaban anotados sobre pequeños trozos de papel los números de decenas de restaurantes de comida rápida, de los que Isabela era cliente frecuente. Y Marina lo primero que hizo al llegar fue arrojar dichos papeles a la basura, y estrenar la cocina.

- ¡Buenos días, Isabela! – su voz la sobresaltó, haciendo que cayera del sofá donde se hallaba dormida.

Otra vez había pasado la noche estudiando, y comiendo helado. Se veía la evidencia en las tarrinas tiradas al lado del sofá y en el libro que acababa de caerse de su rostro.

- Eres una desordenada – le soltó con gracia -. Quién lo diría, la mujer más responsable e independiente de la familia.
- Basta, cállate. ¿Sabes qué hora es?
- Las 06:08 – respondió Marina con su habitual sonrisa despreocupada.
- Bueno – miró Isabela a su hermana menor, mientras se pasaba las manos por el rostro -, lo repetiré de mejor forma-: ¿Sabes qué día es? ¡Es domingo! ¡Déjame dormir!
- ¿Y qué ganarás durmiendo? El mundo es de los despiertos.
- Dejaré que te quedes con mi pedazo del mundo, pero cállate y déjame dormir, te lo ruego – volvió a taparse la cara con el libro.

Pasaron menos de dos minutos antes de que conciliara el sueño. Un sueño profundo y pesado. Marina se dio por vencida, y ordenó sus cosas antes de marcharse. La dejó cubierta por el edredón blanco que tenía en su habitación y cerró la puerta con suavidad para no interrumpir más su descanso.

Por el corredor se veía el cielo gris del día que no acababa de levantarse. Hacía frío, pero eso no evitó que portara una minifalda blanca y sandalias. Afortunadamente la blusa de rayas blancas y negras que llevaba tenía las mangas largas, y eso en conjunto a la bufanda negra en su cuello la salvaguardaban un poco de las ráfagas heladas a esa hora.

El sonido de sus pasos en las escaleras era tan contundente en medio del silencio, que optó por deslizarse por las barras para no hacer más ruido del necesario. Después fue saltando alegremente por el pasillo, hasta llegar ante la puerta del departamento en el cuarto piso y tocar la gruesa madera con sus nudillos. Detestaba los timbres.

Karina le abrió, y enseguida una sonrisa apareció en su cara. La invitó a pasar y antes de dejarla libre le instó a tomarse una taza de chocolate caliente, cuyo vapor dulce y esponjoso salía de la cocina.

- Está delicioso, muchas gracias Karina.
- No digas más, eres una chica tan agradable.
- Ah, ¿Raúl ha dicho eso, o es sólo tu opinión?

Le eludió la mirada cuando preguntó, por lo que se volvió evidente la respuesta.

Entonces aún me detesta.

- Hasta ahora no he podido platicar bien contigo, querida. Isabelita me contó que eres psicóloga. ¿Es verdad?
- Así es. Me gradué hace dos años.
- Pero eres tan joven.
- Sí, como de catorce años me dijeron – bromeó Marina con los cálculos de Raúl. Ambas rieron -. Lo cierto es que adelanté un par de grados en la escuela, y por eso acabé el colegio y la universidad más pronto de lo normal.
- Se nota que eres muy lista.

Eso es de familia – dijo para sí, con el recuerdo de sus padres en la mente.

Se preguntó cómo estarían él y su mamá, viviendo cada quien con sus nuevas parejas y tratando de enterrar el pasado. A veces, tantas veces le hacía falta su cariño, pero era generalmente feliz sabiendo que se dedicaban tiempo a sí mismos, impidiendo que los malos recuerdos arruinaran sus presentes.

Estuvieron junto a sus hijas lo suficiente como para dejar un buen ejemplo y hacerles entender que las atesoraban. Su madre cultivó en ella la semilla de la curiosidad: por lo desconocido, por cada "pequeño universo" parte del universo único; entre todos el vasto universo de la mente humana fue el que más llamó la atención de la pelinegra, tanto por su situación personal como por la de otros, declinando su vida hacia la psicología. Isabela en cambio siguió la línea de su abuelo y antepasados, optando por estudiar medicina –psiquiatría específicamente- aunque sus razones estaban más allá del ejemplo familiar.

Por parte de Marina, el mejor homenaje que podía hacerles a sus padres era buscar su propia forma de seguir adelante, a pesar de todo.

- ¿Puedo despertarlo? – preguntó de repente, con una sonrisita malévola.
- Puedes, pero se lo tomará mal. Aprecia mucho sus horas de sueño.
- No puede ser peor que Isabela – se levantó, dejando la taza vacía sobre el mesón de la cocina.

Se encaminó enseguida hacia el pasillo, y respiró hondo antes de abrir la puerta de la habitación de la derecha. Era la misma que Isabela tenía en el piso de arriba, aunque cuando entró pudo entender lo diferente que un mismo espacio era capaz de verse, dependiendo del estilo.

Las paredes lucían pintadas de blanco, tal como el resto del departamento. Junto a la puerta había un librero color caoba de cinco pisos, lleno de textos y cuadernos desarreglados en sus distintos niveles. Contra la pared opuesta estaba la ventana que daba hacia el patio, apenas cubierta por una cortina en el mismo tono blanco inanimado. La cama, el escritorio y el armario de color parecido al librero, todo allí carecía de una pincelada de vitalidad.

Una inmensa sensación de vacío es lo que sintió, pero sus presentimientos fueron acallados para fijar la vista en la forma graciosa en que las sábanas blancas caían de la cama.

Raúl estaba dormido en una posición bastante incómoda, con la cabeza casi en el aire, hacia el lado izquierdo de la cama, mientras su cuerpo descansaba horizontalmente a la dirección vertical del colchón.

Marina sonrió, tomándole una foto con su teléfono celular, antes de acercarse más.

Mientras en el reloj sobre el escritorio daban las 06:40, se sentó suavemente en el amplio espacio libre, y posó su mano derecha sobre la frente de él. Después se agachó para que su boca quedase en dirección a su oído, y sopló con suma suavidad.

- ¡Qué demonios! – fue la reacción de él, tomando su mano y acercándola a sí con fuerza y demasiado velozmente para permitirle impedírselo.

Aunque no lo hubiera hecho, de estar en su poder.

- Buenos días, "bello durmiente" – se burló, estando sus rostros bastante cerca uno del otro -. Veo que eres de raro despertar.
- ¿Qué haces tú aquí? ¿Esto es una pesadilla?
- ¿Quieres que se vuelva un lindo sueño? – se acercó ella más, casi tendiéndose sobre él.

Sintió su cuerpo temblar bajo el suyo, pero su mirada se mantuvo gélida como siempre, antes de empujarla lejos.

- ¿Quién te dejó entrar a mi casa?
- Karina – respondió ella, sentada de vuelta sobre la cama mientras él se desplazaba sin rumbo, dando

vueltas por la habitación -. Tu abuela es un encanto de persona, y prepara un delicioso chocolate. Deberías ser feliz sólo con eso.
- La felicidad no existe.
- Eso no es verdad.
- Pues no discutiré tonterías contigo. Sólo lárgate.
- Yo creo que estarías mejor si me quedo – lo retó, levantándose lo bastante para poner la rodilla derecha sobre el colchón.

Raúl eludió su mirada, y volvió a darse una vuelta discontinua por la habitación, antes de salir y llamar a Karina con sendos gritos de descontento.

Al rato volvió, sin encontrar respuesta por parte de su abuela. Marina supuso que los había dejado solos, previendo que algo pasaría.
- Oye, quiero dejarte algo claro – se paró en el umbral de la puerta de la habitación, con los brazos cruzados y aún con su cara de soñolencia -. Tú no me gustas, y no me agradas. La que me gusta se llama Paula.

Su expresión seria era bastante atractiva. Desde que ella lo vio en la lejanía, entretenido con su libro de poemas, supo que iba a convertirse en alguien más especial.

Alto, y con un balance ideal entre una contextura delgada y atlética. Su tono de piel era apenas más oscuro que la suya, a pesar de eso se lo notaba pálido, casi como un fantasma. Lo que colindaba mejor a ese estado era la forma casi invisible que tenía de pasar por la vida, como si evitase llamar la atención, aunque en sus ojos apagados se leía claramente un deseo opuesto.

De no ser por la diferencia de estatura –unos veinticinco centímetros aproximadamente- su parecido fuera extraordinario, con el mismo tono de cabello y ojos. Marina lo observó bostezar mientras continuaba el parlamento, y entonces su franca sonrisa de placer acabó por descontrolarlo.

- ¿Amas a Paula?

Se quedó esperando la respuesta, pero no hubo tal. Un leve sonrojo en sus mejillas le indicó lo incómodo que le era a él hablar del tema.

Salió tranquilamente de la habitación, sin mirarlo siquiera cuando pasó por su lado.

Ese silencio suyo era como una frase quedándose atrapada, disolviéndose en el aire. Ya ella lo había sentido antes, hace mucho, pero nunca con la intensidad presente.

- ¿No te simpatizo, verdad?
- Qué lista eres – dijo él con sarcasmo -. ¿Cómo lo has adivinado?
- Bien entonces – sonrió ella -, haré un trato contigo. Tú adivinas el misterio, y yo te dejo en paz. Mejor aún, te ayudaré a conquistar a Paula. La conozco, ¿sabes? La semana pasada me la presentaron, y ahora somos buenas amigas.

Raúl continuó con su mismo gesto.

- ¿De qué misterio me hablas?
- Si te lo dijera no sería un misterio.
- Pues no tiene sentido, y si lo hiciera es sólo para que me dejes en paz – aclaró, mirándola de reojo -. Lo de Paula no me interesa.
- Pensé que te gustaba, y déjame decirte que no eres el único. Hay muchos detrás de ella.
- No vale la pena.
- ¿Y no te dolerá verla con otro por ahí?

El tema le importó, pero supo disimularlo bastante bien.

- ¿Puedes darme una pista?
- ¿Del misterio? Pero si ya la tienes, desde hace tiempo. El misterio es algo sobre ti, quién mejor que tú para descubrirlo.

¿Quién mejor que tú?

- La verdad es que te hago un favor al advertirte que debes ir por él, porque es algo muy importante. Yo no pierdo nada si fallas, porque no espero ganar – le hizo notar -, pero tu vida puede dar un gran giro si los eventos que se avecinan te toman por sorpresa.

Con esas palabras caminó lo que faltaba hacia la puerta del departamento, y lo dejó con la palabra en la boca antes de que pudiese formular su pregunta.

Sabía cuál era, pero resultaba demasiado pronto como para poder respondérsela. Después de todo, hacía parte del misterio.

IV

Luz y tierra mojada. Primero luz y luego oscuridad –
se decía -. Los planetas giran y se acercan en un baile
cósmico carente de sentido. Mientras miro hacia ellos me
doy cuenta que me he quedado solo. La calidez que antes
sentí desapareció. Aparece entonces la oscuridad, y en
medio del tenue resplandor de la luna puedo ver que lo que
moja la tierra bajo mis pies es sangre.

La sangre que debí derramar en su lugar... - se echó
para atrás en el sofá de la sala, cerrando los ojos.

Raúl había quedado inmerso en las palabras de Marina.
Estuvo el resto de aquel día tratando de hallar algún
significado oculto a sus frases, y la pista al misterio que
ésta le había encomendado revelar, pero no conseguía más
que adentrarse en sí mismo y volver al hecho de la extraña
actitud de la chica.

De pronto pasó de ser entrometida a causarle cierta
resistencia. Sin saber la razón comenzó a esquivarle la
mirada cuando se cruzaban, temeroso de que ella pudiese
leer en el fondo de sus ojos las cosas que llevaba años
callándose.

Lo cierto es que Marina era sumamente intuitiva,
y la mayor parte de las veces –por no decir todas- que
lanzaba una pregunta al aire, atinaba al justo pensamiento
de su interlocutor. Quizá fuera parte de las herramientas
que un psicólogo llegaba a aprender en su formación, el
leer el comportamiento no verbal de las personas para

comprenderlas más allá del silencio y las mentiras. Aún así era sospechoso.

Los días del verano, allá por mediados de agosto, eran fríos y de noches oscuras. Lo que hubo cambiado en ellos con el pasar del tiempo era el silencio que anteriormente se dejaba sentir en el ambiente, y que ahora era reemplazado por un débil murmullo que viajaba con la brisa. Para la mayoría pasaba desapercibido, pero a los pocos que notaron su presencia se les volvió de pronto una obsesión entender qué era lo que les decía. Porque para cada quien el mensaje era diferente.

"La palabra del viento es la palabra de nuestra propia alma, pues lo que oímos en el aire es aquello que no nos atrevemos a decirnos directamente. La parte negada de nuestros deseos habla a través de un espectro del exterior, que se refleja en algo que consideramos sobrenatural, pero es extensión de nosotros mismos."

Algo en el universo había cambiado, o era la manera de percibirlo la que había cambiado en Raúl. Si las nubes y el cielo se desplazaban en función de los sentimientos de Paula, ¿eso hacía parte del misterio? Si pudiera leerse el estado emocional de alguien solamente con ver hacia arriba, resultaría muy sencillo entender las acciones de cada ser humano.

Viendo por el balcón se preguntó: *¿Por qué la presente tarde es gris?*

Un extenso nubarrón viajaba de norte a sur, con el viento agitado. La tormenta que se acercaba paró de pronto en su descenso sobre la ciudad, justo en el instante en que Marina apareció por la esquina de la cuadra y Raúl la vio por el balcón por el que tantas veces había visto a Paula.

- ¡Hola! – gritó ella desde abajo, antes que él lograra esconderse.

Solamente levantó su mano para saludarla, sin atreverse a mirarla de frente.

Entró y se sentó en una de las bancas de metal, cruzando las piernas con mucho cuidado a causa de la minifalda negra que llevaba. Tomó el celular que guardaba en su bolso y estuvo hablando un par de minutos de forma animada con alguien, para luego quedarse quieta y callada, sin dejar de mirar hacia el balcón de Raúl.

El viento que soplaba le removía los cabellos del flequillo, dejando su ojo izquierdo cubierto y dándole con eso un aspecto siniestro.

¿Quién era ella en realidad? – era la pregunta que el chico se hizo entonces, viéndola con atención desde su distancia segura.

Se apartó del balcón luego de eso. Desde fuera las primeras gotas de una inesperada lluvia se escucharon caer, en tanto la luz que entraba aminoró lo bastante para dejar el ambiente sumido en las sombras.

Un cambio tan extraño en el clima no podía ser obra del equilibrio mental de Paula, en quien curiosamente Raúl había perdido interés durante los últimos días. Algo se fraguaba en los alrededores, y era esa sensación desconocida la que hacía variar la temperatura y la estación como un dios burlándose de la absurda vulnerabilidad de los seres humanos.

¿A eso se refería Marina?

Lo cierto era que todo evento peculiar se desencadenó con su arribo, y ella misma era parte indisoluble de la mezcla que trastocaba la tranquilidad del ambiente.

La lluvia continuó cayendo durante algunas horas, siempre sin aumentar su cauce, siempre sin desaparecer. Como una leve huella sobre la tierra apenas resultaba perceptible, pero estaba allí, señalando una ruta que algunos pasaron buscando gran parte de su vida.

Dentro del departamento del quinto piso, Isabela dejó su libro a un lado para asomarse un momento al balcón. Sus ojos necesitaban descansar de estar posados tanto sobre las pequeñas letras impresas, y en el exterior fueron a perderse en la contemplación del lejano horizonte.

La música que se filtraba desde dentro, correspondiente a algún *vals* de Strauss, la hizo emitir un largo bostezo en que acabó ahogándose un suspiro. Un suspiro que todavía le era imposible de ubicar pero que el viento húmedo se llevó en su recorrido.

Extrañamente justo a la hora del atardecer el grisáceo color del cielo fue borrado por el agua que se derramaba desde las alturas, mientras los matices naranjas y rojizos del sol antes de ocultarse invadieron el espacio vacío que quedó momentáneamente.

Fue el inicio de una atípica sucesión de acontecimientos. Del calor al frío, de la calma a la tempestad, del silencio de una mañana a una noche llena de sonidos inidentificables. También marcó el devenir de un montón de sueños confusos y angustiantes, que parecían guardar alguna conexión.

Un abismo. Es en lo que pensaba Raúl mientras atravesaba el parque ese lunes, al volver de sus clases en la universidad. Tan abstraído como estaba había perdido total atención por lo que ocurría fuera de sí, y por lo mismo, y por lo sigiloso de los pasos ajenos, lo tomó por sorpresa que alguien lo abrazara por detrás.

- Ya te extrañaba. No te había visto desde ayer… - se apretó ella con fuerza, antes de que él lograra zafarse -. Hmm, ¿qué es lo que tanto haces todos los días, eh?
- Estudiar – dijo Raúl en tono inexpresivo -, no como otros que se pasan haciendo nada.

O Marina no se dio cuenta que el comentario era para ella, o lo ignoró. Sus ojos se desviaron provisionalmente hacia la contemplación de una mariposa azul que surcó entre ambos y desapareció luego entre las hojas de un frondoso árbol.

- ¿Me escuchas?
- ¿En qué piensas?
- En nada – respondió él, ya con un dejo de mal humor.

Marina se alejó unos pasos, hacia el único árbol florecido que se veía en la distancia.

- ¿En nada? ¿Decir eso no es subestimar tu capacidad intelectual?
- No necesariamente – la observó él con detenimiento -. Dejar tu mente en blanco es una forma de alcanzar la iluminación. Es lo que dicen.
- Cierto, pero tú no crees en eso.

El cielo se volvió gris de pronto por el paso de una gran nube de tormenta.

- No sabes nada de mí, por lo que no tienes forma de averiguar cómo soy.
- Cierto – volvió ella a contestar -, pero tampoco crees en eso.

Su sonrisa de entonces, acompañada de una feroz e inesperada ráfaga fría, helaron la sangre de Raúl, que miró hacia el piso como recurso para protegerse.

- Me tienes miedo.
- No.
- No fue una pregunta.
- De todas formas te doy una respuesta.

Una primera gota de lluvia cayó sobre la palma derecha de Marina, que –como adivinando lo que sucedería- levantó la mano ubicándola en el sitio preciso.

- La respuesta que dice tu boca, y la que grita en silencio tu corazón… no concuerdan.

"Un misterio es algo que está fuera de nuestro conocimiento, de nuestra comprensión. Es un espacio intangible que intentamos palpar desesperadamente, que nos llama y nos atrae aún con la promesa de ser destruidos por él, por la imposibilidad de aceptar lo que encontremos.

Estar frente a un misterio puede provocarnos una inimaginable sensación de paz, y una abominable angustia por lo insignificante y falso que el mundo se vuelve entonces. El misterio... ¿acaso era ella?".

Su capacidad para recrear ideas paranoides en mentes ajenas era impresionante. El brillo de sus ojos negros y esa sonrisa que de tierna y amable pasaba fácilmente a ser tenebrosa dotaban su faz de una luminosidad poco menos que divina.

Una palabra sopesada, neutra y ambigua era buena arma contra ella, pero el ánimo exaltado de él apenas le permitió hacer sus gritos menos contundentes cuando buscó defenderse de aquella imaginaria amenaza.

Y ella dijo: "te amo" y el mundo dejó de girar. La misma eternidad sobre la que nadie tiene control, en la que nada llega a ser significativo, paró para conservar lo más posible esa sensación inanimada y suplicante de su voz en medio del susurro.

No era una mentira, ni una burla. Por eso fue que él no pudo rebatirlo, porque entonces se dio cuenta de la verdad.

¿Alguien puede amarme?

- Eres... una estúpida.
- ¿Lo soy?
- Yo no soy capaz de amar a nadie.
- ¿Y Paula?
- Sólo me entretengo viéndola – admitió él, no sin dificultad.
- Vaya, eso quiere decir que tengo una oportunidad – se alegró ella, de manera casi infantil.

Raúl se calló la crítica que estaba por hacer, mientras ocultaba un leve sonrojo en sus mejillas. Trataba de no reparar en Marina, pero aún viéndola de reojo le fue imposible no notar lo bella que lucía, con ese gesto de ingenua felicidad.

Esa media tarde llevaba puesta una falda larga en color rojo, y una camiseta blanca que dejaba sus hombros al descubierto. Sus sandalias con plataforma la dejaban algunos centímetros por arriba de lo acostumbrado, a una altura similar al promedio para una mujer. No obstante su presencia destacaba sobre las demás, sólo por tratarse de ella.

- Tú, eres muy extraña.
- Me lo dicen a menudo.
- No fue un halago – se quejó él, mientras ella le tomaba la mano derecha entre las suyas -. ¿Q-qué h-haces?

El misterio seguía siendo un misterio. La calidez de su tacto era suficiente para olvidarlo todo, y dejarse arrastrar. A la mente de Raúl acudió un recuerdo de su infancia, en que su madre había tomado su mano de la misma manera, para confortarlo.

Por un instante se trasladó, y superpuso la imagen de Marina a la de su progenitora. Después de eso solamente se zafó, mientras sus ojos reflejaban turbación y desprecio.

- Tú… - dudó -. No vuelvas a tocarme jamás.

¿Por qué?

- Te odio.

Como si hubiese adivinado la pregunta de ella, respondió esas palabras con similar intensidad que el "te amo" –y con mucha más decisión-.

Y por primera vez Marina se quedó sin argumentos, perdida en el dolor que aquellos ojos negros le transmitieron.

Se está haciendo demasiado tarde – miró hacia el cielo tras un rato de estar parada en el mismo punto, luego de que Raúl se marchara. Arriba las nubes se ensombrecían, y un trueno resonaba a la distancia -. *El universo se está derrumbando…*

V

- *Amor... tienes que tener más cuidado. No hagas cosas peligrosas, te lo ruego.*
- *Pero mamá, es divertido.*
- *No será divertido para mí si te lastimas – tomó ella su mano, mientras sus ojos miel reflejaban a su hijo con dulzura -. Se un ejemplo para Ángel, ¿de acuerdo? Él te admira.*

El niño puso mala cara ante la mención de su hermano, pero la suavidad del tacto de su madre –aún sobre el raspón que tenía en la mano- era tan confortable que no podía negarle nada a ella. Acabó abrazándola como siempre, aspirando el suave aroma a flores que la dulce mujer despedía: entre rosas y azucenas.

Mientras en el reloj sus manecillas prorrumpían en el mutismo de la habitación, una sola lágrima brotó de los ojos de Raúl.

Entre dormido y despierto le resultaba sencillo el derribar las barreras hacia su subconsciente, descubriendo cosas que el resto del tiempo escapaban de su comprensión.

Marina y su madre tenían algo en común. Quizá la sonrisa, tal vez la mirada, entre tierna y enigmática. Se tardó en aprender que ejercían el mismo efecto sobre su ánimo: traerle paz.

Pero la paz actualmente era un sinónimo de caos.

Para él durante largos años el mundo careció de sentido. Fuera una forma de bloquear el dolor, o de librarse de la compasión de los demás, o de demostrar que nada le afectaba. La consecuencia de evitar las lágrimas es también evitar las risas, y así el propio universo se volvió un lugar gris, estático y carente de emociones desde el momento en que Raúl hizo igual consigo.

Nada sorprendía. Nada importaba en realidad. Bastaba con darle a Paula el poder para equilibrarlo, transmitiéndole superficialmente su estado de calma inerte que él admiraba sobremanera. Quiso vivir por siempre así, pero ahora era ya imposible porque Marina había trastocado esa cubierta con una sola pincelada de su cínica honestidad.

Estar junto a ella, verla a los ojos, le llenaba de la incómoda sensación de quedar indefenso, a merced de su voluntad.

Es por eso que él creía odiarla, por dejarlo en evidencia ante su representación del pasado. Como verse en un espejo y no reconocer la imagen que éste nos devuelve, ese niño confortado por su madre nunca se perdonaría haberse convertido en el joven que ve al mundo con asco y hostilidad.

Y todo por culpa de "ella".

¿Quién le había dado el derecho de perturbar así su vida? Parecía saber tanto con tan poco, y adivinar lo que faltara. En cambio Raúl se dio cuenta que no sabía nada de ella, y eso lo hacía sentirse en severa desventaja.

Tenía su edad. Era psicóloga. Era hermana menor de Isabela. Punto.

El resto de su existencia continuaba siendo un misterio.

Marina llevaba una peculiar rutina, de sentarse en las mañanas a ver el amanecer desde el balcón, desayunar temprano y desaparecer hasta casi el mediodía cuando preparaba el almuerzo.

En las tardes platicaba con sus conocidos de la zona, y se metía con permiso o sin él en los juegos que los niños hacían en la cancha –o los organizaba-. Eso hasta pasado el atardecer.

Por las noches andaba caminando sola por ahí, sumida en sus propios pensamientos. En horas posteriores regresaba al condominio y no volvía a salir, excepto por las madrugadas de los domingos, donde al parecer desaparecía oculta entre el silencio y la oscuridad.

Esto fue lo que tras varios días de investigación llamó la atención de Raúl, por lo que se aprestó a seguirla una noche.

En su reloj la hora marcó las 04:01 cuando vio la sombra de la joven salir a escondidas del edificio. Al pasar cerca de la esquina en donde él vigilaba se detuvo en seco y miró de reojo hacia atrás para luego sonreír discretamente y continuar su camino.

Su apariencia de entonces era bastante diferida de la misma que tuvo por la tarde. Su ropa deportiva se había transformado en un traje negro de pantalón y chaqueta de cuero ceñido al cuerpo, haciendo juego con unos altos botines del mismo color. El cabello suelto caía por su espalda, perdiéndose entre la negrura del traje, que apenas tenía una abertura en el escote.

El gesto serio de su rostro fue lo más impactante, lo que aumentó la curiosidad de Raúl. A esas horas el encargado de la seguridad cerraba la puerta de la cerca metálica con candado, por lo que entrar o salir era imposible a menos de pedirle permiso e informárselo.

Ella debía saberlo, a juzgar por la manera descarada en que ignoró la puerta y empezó a escalar la cerca de protección. El chico la observó incrédulo, acordándose de la alambrada de púas que había en la parte superior de la valla. Estuvo a punto de dejarse ver para avisarla, pero entre su ir y venir de pensamientos con respecto a ello no reparó bien en el momento en que Marina saltó sobre la parte superior, salvándose el obstáculo a la libertad.

Afuera entre las ráfagas frías de la madrugada, echó a correr de improviso sin levantar sonido alguno sobre las baldosas del piso.

¿Cómo hizo eso? – pensó, y sin atreverse a poner su integridad en riesgo fue a pedirle al encargado que le preste una copia de las llaves. Por supuesto que el hombre no estuvo de acuerdo en principio –molesto además por haber sido despertado a media madrugada-, pero el historial de buen comportamiento del chico frente a sí logró cambiar su opinión y hacer que le diera las llaves, aun sin preguntarle el por qué.

Dieron las 04:20 en el recorrido del vecindario, sin hallar pista del rumbo que la chica había tomado. En las calles transitaba uno que otro vehículo, siempre a gran velocidad y rompiendo por breves instantes el silencio absoluto de los alrededores. Las luminarias en las esquinas impedían a la noche oscura devorar al mundo bajo su dominio, pero no bastaban para repeler a las sombras que siniestras se proyectaban sobre las paredes al paso de cualquier objeto e incluso sin él.

La mortuoria quietud circundante era sospechosa y fuera de lo habitual, tomando en cuenta que era la madrugada del domingo, y que la vida nocturna debía estar en su máximo apogeo en tales momentos. Incluso contando con que el barrio era tranquilo y aburrido, no distaba tanto del centro de la ciudad y su bullicio del fin de semana como para ser internado en semejante retiro.

Raúl no quiso pensar demasiado en eso ya que era la primera ocasión que salía a dichas horas. Avanzó hasta el parque en donde habló con Marina la última vez y deambuló hasta algunas calles más allá, una que otra humanizada por el sonido de alguna canción filtrándose desde el interior de los domicilios.

La última que escuchó lo hizo detenerse, puesto que había sido una de las favoritas de su padre, allá por la década del 70. Cuando la música se extinguió, unas voces se alzaron apenas entre el nuevo silencio, provenientes de la calle contigua. Él se acercó con cuidado, en especial al notar que aquella manzana carecía de iluminación.

Una voz masculina se alzó en lo que fue un genuino tono intimidatorio:
- No es hora para estar en la calle, a menos que uno busque su propio mal – oyó, por un segundo creyendo que le hablaban a él.

Otra voz, levemente distorsionada por la ebriedad, secundó a la anterior:
- Si quiere que le pase algo, entonces le pasará – rió -. Mira qué suerte encontrarse una joyita como ésta a mitad de la noche, y sin tener que pagar.
- Tienes razón, se ve muy apetecible – intervino una tercera voz.

Ante lo dicho Raúl se acercó unos pasos más, suficientes como para guardarse en la esquina –entre dos frondosos arbustos- y ver que los hombres eran cuatro en total. Jóvenes todos. De los tres que hablaron dos tenían apariencia de haber estado bebiendo, el otro no; y el que aún permanecía sin pronunciar palabra tenía en su cara una expresión seria. Aparentaba ser el cabecilla del grupo, y el mayor –de unos treinta años quizá-. Comenzaron a moverse en círculo, como cerrando el área en torno a algo.
- Quítense de mi camino – se escuchó entonces la voz de Marina -. No tengo nada de valor para darles.

Qué estúpida eres – pensó Raúl, alcanzando a vislumbrar la mirada desafiante de ella hacia los tipos que la rodeaban.

Ellos intercambiaron códigos visuales, mientras Marina seguía de pie e inmóvil, con su mismo gesto carente de temor.
- Yo diría que tú vales mucho, pero claro, antes tenemos que "probarte" – habló de nuevo el primero, cerrando la distancia entre los dos.

Al tiempo de esto, los otros dos se acercaron con la intención de tomar a la chica por los brazos. Uno se los llevó hacia atrás mientras el otro le susurró algo que para los demás fue motivo de festejos.

Raúl lo observaba todo desde su posición, con los ojos abiertos de par en par y demasiado ido como para reaccionar. Sus puños se cerraron con tal fuerza que acabó lastimándose a sí mismo a causa de la rabia, pero se mantuvo inmóvil.

- Chicos, no quiero ser mala – comentó ella con humor -. Me encantaría complacerlos, pero para ser franca no son mi tipo. Suéltenme si no quieren que me ponga seria.

Los tres rieron. El cuarto permanecía alejado y en silencio, inexpresivo casi tanto como la misma Marina. Cuando uno de los tipos intentó meter la mano por su escote, ella reaccionó dándole una patada que lo elevó en el aire antes de dejarlo caer pesadamente sobre el pavimento.

- ¡¿Qué rayos?! ¡Maldita! – alcanzó a decir uno de los otros, antes de que ella se zafara del agarre y le diera un puñetazo justo en medio de los ojos.

El restante corrió a esconderse tras el que hasta entonces continuaba sin moverse. Marina volvió a patear a uno de los caídos –que por entonces trataba de levantarse-, cuando el líder le sonrió, sádicamente extasiado por la escena.

- Me encantas. Eres mejor de lo que esperaba. Caminando sola por las calles a esta hora, ¿andas buscando problemas, no?
- No es de tu incumbencia.
- Veamos cómo te va en un combate de verdad, conmigo – la desafió él, sacando un puñal del bolsillo de su pantalón.

Su subordinado cercó a Marina, como prevención de que escapara. Sin embargo ella no se inmutó en lo absoluto.

Raúl dejó de mirar, temiendo lo peor. Pasó por su mente el llamar a un policía, ya que a dos calles estaba un puesto de vigilancia, pero no hubiera servido. De suceder algo nadie hubiera podido evitarlo. Mucho menos él. Es de lo que se trató de convencer.

Por algunos minutos se escucharon ruidos y voces en alto, uno que otro grito desde la cuadra aquella, después solamente el murmullo de la madrugada.

- *Sabes, amor...* - acudió una memoria de Raúl a su conciencia -. *No hay mayor nobleza que el proteger a otros cuando lo necesitan. A pesar de que corramos riesgo por ello. Una buena acción tiene su recompensa en sí misma.*
- *Pero mamá, eso es tonto.*
- *¿Es tonto el hecho de que yo daría mi vida por ti?*
- *No es lo mismo.*
- *Algún día lo entenderás.*

Él levantó la vista, para encontrarse directamente con la mirada serena de Marina, que acababa de preguntarle si estaba bien. Se agachó entonces para verlo con más detenimiento, contrariada por el aspecto de cervatillo asustado que tenía, oculto entre los arbustos verde oscuro.

- Tú...
- Sé que me has estado siguiendo, Raúl. No es de buena educación ¿sabes?
- ¿Me vas a matar?

Los ojos de ella se abrieron muy grandes, adoptando una apariencia temible por escasos instantes. Enseguida estalló en una sonora carcajada que la hizo perder el equilibrio y caer hacia atrás en la acera, donde siguió riéndose estruendosamente por un par de minutos, en medio de la mala cara que Raúl puso ante la obvia burla que eso representaba.

- Ya, ya. Es lo mejor que he escuchado en años.
- Pero lo que hiciste...
- ¿Te refieres a los "caballeros" de allá? – señaló ella la cuadra vecina -. Están vivos y sanos, sólo había uno inconsciente y los demás se lo llevaron.
- ¿Cómo?
- Ya lo viste.
- No era eso a lo que me refería.

- Hmm... bueno, toda chica debe aprender a defenderse – quiso Marina finalizar el tema.
- Dudo que seas como "toda chica". Viendo lo visto pareces más una agente secreta de la CIA.
- O parte de una secta satánica por mis poderes psíquicos, ¿verdad? – preguntó, con una dosis de humor -. Es lo que pensabas.
- ¿Ahora sabes lo que pienso?
- Eres tú el que lo cree – se levantó ella con un solo y grácil movimiento, sacudiéndose apenas el polvo -. Ahora vete a casa.

Raúl se incorporó también, sin dejar de examinarla. Finalmente la asió por la muñeca derecha, con claras intenciones de no dejarla marchar.

- ¿Qué pretendes?
- Eso quiero saber yo, ¿qué pretendes andando sola por las calles, en la madrugada?
- Puedo defenderme.
- ¡Lo veo! – exclamó él en tono de derrota -, pero eso no lo hace menos grave. ¿Qué te traes entre manos?
- ¿Y por qué te importa?

Él no dijo nada, confrontado por los penetrantes ojos de Marina. Las palabras que quisieron salir de su boca se quedaron inevitablemente atrapadas en su garganta.

- Lo tomaré como que te preocupas por mí.

La calle tan oscura pareció iluminarse de pronto, con la sonrisa de ella. Sin librarse de su agarre -y él sin soltarla-, avanzaron entre el camino que los pasos de Marina decidieron.

Ella dijo: "te mostraré dónde voy" y eso fue suficiente para hacer que la siguiera.

Raúl estaba un poco aletargado para entonces, cerca de las 05:00, pero pudo darse cuenta hacia qué parte de la ciudad se dirigían. Junto al río en toda su extensión se levantaba un precioso malecón, y en algún punto cercano sobre un cerro se alzaba un mirador. Allí las más bellas albas se mostraban antes que en el resto de la urbe.

Era un sitio que pocos frecuentaban, por encontrarse algo apartado de la zona conocida del malecón, pero eso sólo lo dotaba de una magia especial. El aire se respiraba más puro allí, e incluso el arrullo de los sonidos naturales y la soledad de la madrugada eran infinitamente placenteros.

- ¿Vienes aquí?
- Cada vez que salgo.
- Pues podrías escoger un horario más decente – se quejó él, tomando asiento en la única banca.
- Esta es la mejor hora para venir, justo antes del alba.
- A la mayoría le gusta más el atardecer.
- A mí no. Luego del atardecer viene la noche, la oscuridad. Pero tras el alba lo que se levanta es un nuevo día, llenándolo todo de su luz.

Marina se arrimó a la baranda, a contemplar los rastros de penumbra que débilmente iban desvaneciéndose.

- Oye, tengo una duda.
- ¿Sí?
- ¿Por qué usas esa ropa tan extraña? Te hace ver como una ladrona.
- ¿Lo crees? ¡Me gusta este traje! – sonrió, viéndose a sí misma -. Creo que es sexy ¿o no? Además permite una increíble movilidad. Salir con él es como estar disfrazada de una guerrera.

Continuó riéndose, aunque por lo bajo. En tanto, Raúl se recostó en el espaldar de la banca, sumido en el cansancio de aquella noche sin dormir. Otra vez navegando en la inmensidad de sus pensamientos soñolientos, se preguntó si quizá el universo nunca estuvo bajo el control de alguna emoción particular. Todo lo que conocía, lo que creía, e incluso lo que deseaba parecía cambiar poco a poco.

Y su voluntad apenas alcanzaba a mirar como la transfiguración se producía, sin hacerse partícipe del cambio.

Sin darse cuenta sus ojos se cerraron, tomando como última imagen un cuadro del cielo en tono sonrosado. La brisa que soplaba se sentía helada en un principio, pero después alguna tibieza la rechazó, permitiéndole sumergirse con suma comodidad en el mundo de sus sueños.

VI

Cuando la mañana acabó de levantarse, un brillante sol se apoderó del cielo y dejó sentir prontamente que el día sería caluroso. Tal como en el invierno, no obstante sin la humedad característica de dicha estación.

Hasta cerca de las 11:00 el ambiente no llegó a hartarse del singular clima cálido, pero pasada esa hora una nube de molestia se extendió sobre la ciudad.

Eso era suficiente para romper el sueño y la tranquilidad de cualquiera.

Por la ventana abierta de su habitación apenas circulaba el viento, y mucho menos llegaba a ser placentero. Es así que entre la incomodidad del mal despertar y el sudor tibio sobre la ropa Raúl se entretuvo varios minutos en la cama, sin posibilidades de volver a dormir.

Lo último que recordaba con claridad era la risa de Marina -apoyada en la baranda del mirador-, y después esa vista del cielo justo antes de la joven aurora.

¿Cómo había vuelto al departamento y a su habitación? Notó que tenía el cabello bastante revuelto y que portaba solamente la ropa interior de la noche pasada.

Entonces como relámpago una hipótesis pasó por su mente.

Se puso en pie de inmediato y tras envolverse en una sábana caminó hasta la sala buscando la mirada de su abuela y alguna explicación, pero no encontró más que el espacio vacío.

Sin detenerse a pensar en lo inusual que eso era, fue directo al baño a tomar una ducha, y después de vestirse salió casi corriendo hacia el departamento del piso superior. Por el corredor se cruzó solamente con una persona, que lo saludó con una media sonrisa.

- ¡Marina! – gritó, a la vez que tocaba el timbre.

Sin querer las gotas de sudor se escurrían por su frente, mientras en vano intentaba no imaginar las cientos de posibilidades de lo que pudiese haber pasado más allá del alcance de su memoria. Pero todas las posibilidades se reducían a una.

Abre la puerta, abre la puerta, abre la puerta – se repitió con desesperación a sí mismo, y acto seguido se escuchó que unos pasos se acercaban a quitar los cerrojos.

Raúl tomó un hondo respiro, preparándose para afrontar a Marina, pero el aire se le quedó atrapado en el pecho cuando se encontró cara a cara con la mirada café de Paula.

- Pasa por favor – le dijo ella, apenas sonriente y en tono de voz delicado.

Él avanzó de forma automática, sin poderse creer el estar tan cerca de la chica que durante años había visto a través del balcón.

- Disculpa. No te esperaba tan temprano y el almuerzo aún no está terminado. Dame unos veinte minutos y lo solucionaré.

La chica se escurrió grácilmente hacia la cocina, con los ojos de Raúl puestos incrédulamente sobre ella. Sobre el vestido casual color verde que llevaba, tenía un delantal blanco que le otorgaba un aspecto encantador. Las pantuflas verdes y el lazo del mismo color que le ataba el cabello hacia atrás complementaban su atuendo de perfecta ama de casa.

Perfectamente hermosa – pensó él, delatándose con un leve sonrojo en las mejillas.

- Eh... Olivares, ¿qué estás haciendo aquí, en casa de las Freire? – volvió en sí lo suficiente como para cuestionar su presencia, siguiéndola hasta la cocina.

Ella –que estaba moviendo alguna salsa en una cacerola pequeña- dejó la cuchara de madera sobre el mesón, antes de sonreírle a su interlocutor.

- Raúl, puedes llamarme Paula. Esto es un favor que le hago a Marina, ya que supuso que necesitarías "recuperar energías, tras el ejercicio de anoche" – citó la chica textualmente, incluso dibujando las comillas en el aire -. Por si te lo preguntas, ella e Isabela no están. Salieron con tu abuela a ver unas ofertas o algo así. Por eso hoy yo te atenderé. Pídeme lo que quieras.

Esas palabras al final hicieron que Raúl le esquivase la mirada de manera definitiva, antes de regresar y sentarse en una silla del comedor.

No acababa de atar cabos acerca de lo que sucedía. Lo claro era que Paula y Marina eran buenas amigas, cosa que la segunda insinuó alguna vez y él no le creyó. Las dos no tenían nada en común –se repetía en mente- mientras reparaba también en la frase textual que la castaña había repetido, bastante ambigua.

¿Qué es lo peor que pudo haber pasado? Raúl lo sabía, pero por una combinación de vergüenza y enfado no se daba permiso siquiera de dar rienda suelta a su capacidad imaginativa. Era imposible que un hombre esté con una mujer y no se acuerde, ¿cierto? Sin participación alguna de alcohol u otra sustancia que altere el sistema nervioso, la memoria no sería afectada en tal grado de borrar aquella trascendental información.

¿Y si Marina le había hecho algo?

Con la muestra de la noche anterior, a Raúl le nacieron aún más dudas acerca de los alcances de la chica. Incluso si le confesó que en las madrugadas acudía al mirador, no dejaba de ser extraño.

Ese misterio del que le hablaba sería ella misma posiblemente, porque el universo entero empezó a trastocarse con su llegada. Ese día en que apareció haciendo el papel de una indefensa colegiala, y tuvo el atrevimiento de robarle un beso.

Dejando a un lado la sorpresa ingrata de ser utilizado por una loca –como Raúl la llamaba-, la sensación que le quedó en los labios tras su fugaz encuentro no podía borrarla con nada.

- ¿Te encuentras bien?

Él levantó la vista, con evidente gesto de interrogación en su rostro, para ver a Paula a menos de un metro de distancia. Lo observaba con curiosidad –quién sabe desde cuándo- y acabó por halar una silla y tomar asiento al lado contrario de la mesa del comedor.

- En diez minutos estará listo. Espero te guste el *spaghetti*.
- Sí – respondió él, sin prestar mayor atención.

¿Por qué ahora?

Tenerla tan cerca era un sueño hecho realidad. Esa sonrisa sencilla y transparente adornaba su faz cada día, repartida al mundo, pero ahora la tenía para él solamente. Contrario a lo que siempre pensó a ella al parecer no le resultaba indiferente. Mientras esperaban ambos por el almuerzo, Paula empezó a hacerle conversación, a preguntarle cosas acerca de su carrera y gustos. Raúl contestaba mecánicamente, demasiado atónito como para disfrutar adecuadamente el momento.

Y entonces surgió el tema de su propia vida, lo que hizo que sus dulces ojos se entristecieran en un nivel apenas perceptible, pero real.

- No lo sé Raúl, quizá me hubiera gustado conocerlo – hablaba de su padre -, pero si a él no le importó dejar a mamá a su suerte, está claro que no es una buena persona.

Esa historia era bien conocida por todos en el barrio. Paula era hija de una madre soltera, que a temprana edad se enamoró de un hombre mayor, y no supo medir las consecuencias de sus actos. Resultado: el desprecio de su familia, la renuncia obligada a sus sueños de superación, y el triste deber de criar a una hija que cada día le recordaba a aquel que la abandonó. Tal era el peso que Paula llevaba sobre sí, tratando de hacer la vida cómoda a su madre, a pesar de la permanente melancolía con que sus ojos la reflejaban. La maldición de parecerse a su progenitor.

- Aunque claro, ha de ser peor para ti. No tengo derecho a quejarme. Tú... perdiste a tus padres y a tu hermano todo a la vez. Debió ser horrible.
- No quiero hablar de eso.
- Sí, lo siento – se disculpó ella de inmediato -. No era mi intención.
- No, no - relajó él su tono áspero de la frase anterior, que había usado sin proponérselo -. Yo soy el que lo siente.

Ambos se internaron en un profundo silencio, pero en medio de él Paula extendió su mano sobre la mesa, para tomar la de Raúl. Pudo sentir un estremecimiento al hacerlo, lo que la hizo sonreír.

Lucía siempre tan calma.

- Eres un buen hombre Raúl, lo has hecho bien todo este tiempo.

Se supone que sí – pensó él.

- Cada lágrima tiene su recompensa en el futuro.
- Yo nunca lloré.

Otra vez el tono aquel, definitivo y carente de emoción. Ella se limitó a bajar la mirada, que hasta entonces mantenía en su interlocutor. La barrera con que sus intenciones se toparon no sabía cómo derribarla. Estaba fuera de su alcance.

- Te llevas bien con Marina, ¿verdad? – cambió de pronto el tema.
- ¿Por qué lo preguntas?
- Por lo mucho que se preocupa por ti. Es obvio que te tiene un gran cariño.
- ¿Ha dicho eso? – se soltó él de la mano ajena, sin darse cuenta -. ¿Qué es lo que Marina ha dicho de mí?
- Eh... pues...

Paula se levantó, alegando que tenía que irse a la cocina para revisar cómo iba la comida. Aquella huida estratégica era similar a las que su misteriosa amiga acostumbraba, pero en lugar de una sonrisa burlona lo que esbozó la castaña fue un gesto de incomodidad.

Dieron las 13:00 antes de que se sentaran a comer. Raúl dejó abierta la puerta corrediza hacia al balcón, para que la brisa fresca entrara de cuando en cuando al departamento. No se fijó demasiado en el *spaghetti* que Paula le sirvió, limitándose a agradecerle cortésmente por sus atenciones.

Por más de una ocasión la plática socialmente obligatoria se extinguía, y el sonido dentro del espacio se limitaba al de los cubiertos y el viento chocando contra las cortinas.

Sin embargo esos instantes eran preferibles a la falsedad de hablar sin sentido.

Aprovechando los sorbos eventuales que le daba a su vaso de refresco, Raúl notó la delicadeza de los modales de su acompañante. Una verdadera princesa. La impresión que le daba era idéntica a la que se había hecho tantos años atrás, al verla por vez primera.

¿Hace cuánto de eso? Doce años y más. Él acababa de mudarse con su abuela, hallándose todavía en la penosa etapa de duelo por sus padres. Absorbiendo la lástima de las personas enteradas de su suerte, que sin decir palabra parecían compadecerlo por seguir con vida. No hubo otro período tan mísero en su existencia, otro en que deseara de tantas formas y tan desesperadamente el dejar de respirar. Fue en esa época en que en medio de su mutismo –que muchos consideraron una reacción "normal" ante el shock emocional de quedar huérfano- adoptó la romántica costumbre de mirar hacia el cielo. Su color gris oscuro y las nubes que dibujaban formas monstruosas le provocaban verdadero asco, pero se castigaba a sí mismo obligándose a contemplarlas por tiempo indefinido.

Y todo siguió oscuro y penoso hasta la mañana en que volviendo de la escuela se cruzó en la cancha con una pequeña niña de cabellos castaños. Perseguía a un gatito blanco que se escabulló entre el huerto del encargado, y entonces fue que ella levantó la mirada y ésta coincidió con la de él. El brillo en el fondo de sus ojos cafés irrumpió de pronto entre las sombras de los suyos, quedándose fijada allí por tanto tiempo.

Un misterio el que bastara sólo eso para hacer su caída mucho más tarda.

"¿Retardar una muerte anunciada no es acaso prolongar la agonía? La agonía y el dolor de consumirse lentamente, sabiendo que no hay poder que impida ese fin con que se sueña... porque toda otra ilusión fue antes arrancada con crueldad del corazón. Como en un sueño – como en una pesadilla-, es verse a sí mismo ahogarse en un lago de agua oscura, sin poder tendernos la mano y salir a flote otra vez. ¿Es esa conciencia de ruina un don, o una terrible maldición?".

Marina... - la recordó de repente, casi al tiempo que examinaba a la otra chica que tenía cerca.

Ella era responsable de lograr lo que ni Paula había logrado. Para Raúl, antes de su aparición, el saber o no saber sobre su propia miseria ya no era importante. ¿Cuál era el poder que ejercía, tan impactante, que lograba remover los escombros de su oculto subconsciente?

El resto de esa joven tarde trató con su entera voluntad de disfrutar la compañía de Paula, pero a cada momento se descubría a sí mismo absorto en una idea lejana y distinta, preocupado, o simplemente pendiente de otros asuntos. Con la vista perdida casi siempre, a ratos puesta sobre el reloj de pared para comprobar la hora, el día transcurrió un tanto aburrido -no sin su dosis de aguardo-, hasta que se escuchó el sonido de la cerradura abriéndose.

Para ese entonces, con el reloj marcando las 15:40 Raúl estaba sentado en el sofá de la sala, oteando sin mucho interés un libro de medicina que encontró sobre la mesita. Paula en el balcón tendría que haber visto antes que alguien llegaba, pero únicamente se apartó en sumo silencio al oír pasos en la entrada.

Isabela fue la primera en asomar cabeza, y viendo al chico en poder de su libro, caminó hasta él y se lo quitó sin emitir palabra. Su gesto lucía inexpresivo como de costumbre. Llevaba dos fundas de compras consigo, que dejó sobre la mesa del comedor antes de regresar hasta el sofá y tumbarse al lado de Raúl.

Antes de que éste inquiriera sobre su sola presencia, el ruido de una animada conversación lo frenó:

- No, creo que te quedaba muy bien. Debiste comprarlo – la voz de su abuela -. Ese color te favorece.
- ¿Tú crees? Lo cierto es que compré más de lo que debía. ¡Me privan las minifaldas! Y además…

Marina cruzó el umbral mientras hablaba, y al toparse con el gesto serio de Raúl no pudo terminar la frase. Sin embargo, lo que se reflejó en su cara no guardaba parecido alguno con el temor, la incomodidad, o la vergüenza. Sus ojos negros brillando eran la antesala de una cálida sonrisa de alegría.

Los paquetes que llevaba consigo cayeron al piso cuando Raúl, en una acción brusca e inesperada, la tomó de la mano y la llevó consigo hacia afuera. Sus pasos empezaron apenas más rápidos que lo usual, pero acabaron en un precipitado correr que los alejó de todo y de todos.

El tacto de aquel esa tarde se sintió de forma diferente, firme pero ansioso. A Marina no le pasó desapercibido, pero no pronunció palabra alguna ni desplegó sobre su faz expresión que él pudiera reconocer.

Estaba feliz sin embargo. Feliz aunque dubitativa, mirando hacia arriba cómo el día tan cálido cambiaba ahora a un clima templado a causa de las esponjosas nubes blancas que flotaban en la inmensidad.

¿Una buena señal, o la calma antes de la tormenta?

VII

"Un espacio blanco a mi alrededor, asfixiándome, cegándome por completo. ¿Por ser blanco es menos terrible? Me veo palidecer, me escucho gritar, siento mis lágrimas derramándose de mis ojos y cayendo amargamente por mis mejillas. Esa es la ventaja de la luz en mi vida, de la conciencia. Esa "luz" que me clava un puñal en el alma que en la oscuridad quizá no notaría. Ni mi soledad, ni mi miseria, ni la sangre que escapa de mi pecho y con el tiempo deja más y más vacío mi corazón. Esta es la ventaja de la luz, verme agonizar... aunque nadie más sea capaz de hacerlo."

Pasado el atardecer, el ambiente tomó el aire malévolo de la fiesta que afuera se llevaba a cabo. Gritos, risas, dulces y disfraces. La noche en que las brujas deambulaban por las calles confundiéndose entre los seres humanos que intentaban imitarlas, y en que los demonios eran libres de acceder a nuestra realidad a causa de la momentáneamente débil separación entre ambos mundos.

El placer de los niños por parecer criaturas monstruosas era algo que los adultos apenas comprendían, simulando alguna sonrisa de complicidad ante la emoción de los pequeños por asustar o ser sobornados por caramelos.

Era la "dulce" noche de Halloween llena de espectros y relatos de terror, tanto como la posibilidad de que se vuelvan realidad.

- Son las horas que quedan a los espíritus antes de que empiece el reinado de los santos – decía un religioso por ahí, haciendo referencia al día que proseguía.

Para aquella pintoresca fecha el patio entre los condominios había sido adornado con serpentinas en colores negro y naranja, calabazas talladas y uno que otro esqueleto de cartón colgando de las paredes. Un permanente fondo musical de gritos y risas macabras completaba el escenario.

Todo era "perfecto".

Aunque la festividad no era propia en la cultura, nadie en el barrio se había negado a seguir el juego y experimentar con ella. Iniciativa –dicho sea- del personaje más excéntrico del lugar.

Desde el balcón Raúl se mantenía al tanto de la situación, viéndola atravesar el patio una y otra vez, acomodándose el sombrero puntiagudo y corriendo junto a los niños para salir a asustar a los transeúntes junto a los grupos que se formaban. El traje negro de bruja le marcaba suavemente la figura, aunque distaba de ser tan revelador como el resto de atuendos que solía ponerse. En realidad aquel día era el disfraz más inocente de todos, a juzgar por el traje de conejita *playboy* que Isabela llevaba, y hasta el disfraz de ángel que habían elegido para Paula.

- Mis ojos no necesitan más dulces que los que están viendo – comentó Gustavo asomado junto a él, mientras pasaba la vista de una a otra de las chicas -. Vamos, yo quiero que me asusten esas tres.

Raúl se apartó de su puesto de vigilancia, para tumbarse pesadamente en el sofá y encender la televisión. Aquello representaba una evidente oposición a los deseos de su único amigo, que lo miraba en silencio y con cómica incredulidad.

Lo cierto es que mantenía esa misma actitud desde fines de agosto, desde su plática con Marina que había sido la última también. Lo que escuchó y lo que no, lo que dijo y lo que no pudo decir. Todo lo mantenía lejos de ella, encerrado más que nunca en su metro cuadrado en que a ratos sentíase que el aire se viciaba.

Sin emitir palabra el joven de cabellos castaños lo dejó solo. La puerta se cerró con tal cuidado que no hubo sonido alguno más allá de las maldiciones dando vueltas por la mente de Raúl.

Afuera una luna de terciopelo brillaba en la posesa oscuridad de la noche naciente. Sobre el cielo a tonos negros unas pocas nubes rosas y moradas se dejaban ver, cual humo encantado o espesa neblina fantasmal.

- ¿Quieren oír historias de terror?
- ¡Ya no! – gritaron los niños a coro.

Les perduraba el miedo por el demonio del relato anterior, tomados de las manos y en alerta francamente paranoide. Marina se limitó a murmurar un "aburridos", mientras Paula se los llevaba a recorrer la cuadra en busca de alguna nueva víctima.

- No puedes culparlos, creo. Debes haberte pasado con ellos.
- Para nada. Fueron ellos en principio quienes dijeron que eran valientes y me rogaron que les contara una historia de miedo. ¡No es mi responsabilidad! – se cruzó de brazos ante el comentario de Gustavo.
- Fuiste demasiado tétrica.
- Tétrica la forma en que te ves, conejita Isabela... tétricamente erótica – se burló Marina de su hermana, rebatiéndole la sentencia.
- Pues yo opino que te ves hermosa en ese traje – opinó entonces el hombre -. De ser tú no me lo quitaría jamás, aunque si insistes te ayudo a hacerlo.
- Vete al diablo.

Fría y ascética como la brisa que circuló de improviso, la frase de la chica rubia flotó junto a su inexpresiva mirada para hacer que su molesto conocido desistiera de dirigirle la palabra. Excepto por esa noche lejana, distinta, los años de toparse por ahí tenían poca importancia para ella. Él por el contrario conservaba su sonrisa incluso luego de cada desplante, recordándola como creía que era en realidad, pareciéndose en su calma a la hermana menor de su interés romántico. Algo menos enérgico, algo menos misterioso, pero tan o más peculiar en su proceder.

- Yo no me creo valiente, pero me da curiosidad. Cuéntame una historia de terror entonces, Marina.
- ¿A ti? ¿No estás muy grande para tener miedo?
- Jamás se es muy grande para tener miedo, es un don y una maldición intrínseca a nuestra calidad de seres humanos.
- *Touché* – respondió la bruja, acomodándose en un banquito blanco que encontró cerca -. Te contaré una historia distinta, especial.

Gustavo se sentó en el piso, tal como los niños hicieran antes, e Isabela se apoyó contra una mesa llena de golosinas que estaba cerca, disimulando que iba a interesarse igual por el relato.

- Dulces pesadillas para todos en esta sangrienta noche – empezó Marina en tono malévolo, escondiendo sus ojos tras el amplia ala del sombrero -. Esto que les contaré sucedió en verdad, en un barrio parecido a éste y en un día soleado posterior al Halloween.

"Corre... no te detengas. El que haya claridad en tus pasos no indica que no se precipiten hacia las sombras. La serenidad de la cuadra esa mañana no llegaba a ser placentera como siempre, a pesar del cielo azul, las nubes blancas y el canto alegre de los pajarillos. Quizá algún ser ajeno a su mundo había sobrevivido al paso de la noche espectral. El viento se lo decía, ondeando sus cabellos cortos y oscuros. El que sus desesperados ojos no pudieran ver quién lo seguía solamente provocaba más latidos veloces y discontinuos que le perforaban el pecho. Angustia, miedo... nada. ¿Nada? Nunca había nada al voltear, a más del típico saludo de un vecino cortés hacia otra persona, o el paso de un grupo de niños jugando en la vereda. ¿Quién tendría temor de algo como eso?

- Soy un tonto – se dijo él, y enseguida una voz grave le respondió: "sí que lo eres".
- ¿Quién eres? – preguntó, pero no le respondieron. Arriba el cielo se oscureció, y un trueno resonó en su ahora gris profundidad. *No dejes que te atrapen, no dejes que te atrape... no te dejes atrapar tan fácilmente...*
- ¿Quién eres? *¿No lo ves?*
- Tu voz... *Es la tuya...*
- Mi voz, ¿cómo? ¿Dónde estás? *¿De verdad no lo sabes?* El chico permaneció en silencio, inmóvil, mientras esa voz reía tenebrosa pero familiarmente a su alrededor, invisible. El universo dejaba entonces de tener sentido, al no tener un lugar al que acudir. Intentó –ya desesperado- encerrarse en sí mismo para evitar que la voz

lo encontrara. Cuando lo hizo, en la negrura de sus ojos cerrados apareció un espejo de agua en que pudo verse reflejado.

- ¿Yo?

¡Tú! ¡Has venido por propia voluntad!

- ¿Me hablas tú? – tocó el espejo -. Me estoy volviendo loco.

No es a eso a lo que temes, sino a ver la realidad de tu miseria...

- ¿Mi miseria? Yo no me siento miserable.

No esa parte de ti, pero yo soy aquello que te niegas a ti mismo. Tu verdadera y ruin naturaleza. Te odias, odias a todos. No eres más que una máscara con que engañas hipócritamente al mundo, mientras lo destruyes y manipulas a tu antojo. Eres falso, no vales nada... no mereces vivir y lo sabes. Por eso inventas fantasmas y ambicionas secretamente a que vengan por ti. Esta vez... se te cumplirá... eres tu propio fantasma...

- ¿Un fantasma?

Porque no hay peor demonio al cual enfrentarnos, que nosotros mismos – dijo la voz hacia el final, antes de silenciarse para siempre."

- ¿Y bien?
- ¿Bien qué? – preguntó Marina con cara divertida.
- ¿Cómo "qué"? ¿Qué pasó con el chico?
- Nada, lo hallaron muerto la misma noche de Halloween, ahorcado en su habitación y con una triste sonrisa en el rostro como despedida a este mundo.
- ¿Pero la historia no pasa al día siguiente?

- Ajá – sonrió ella.

Gustavo se calló, intercambiando una mirada curiosa con Isabela a la poca distancia entre ambos. *Interesante* – pensó, en especial al notar que desde un sitial oculto su amigo había escuchado lo suficiente de la narración.

La chica vestida de bruja sonreía sombríamente, sumida –al parecer- en sus pensamientos, y tan sólo hizo un movimiento con la mano para pedir a Raúl que se acercara. Sin voltear a verlo, su petición logró que a ambos hombres les recorriera un escalofrío. Isabela continuó seria, con un aire indescifrable parecido al de su hermana menor.

- Vaya, se me hace extraño que vinieras Raúl. Hiciste suponer que no te llamaba la atención nada de esto.
- Fue curiosidad. Llevas horas aquí, por si no lo has notado.
- ¿Horas?

Gustavo echó un vistazo a su reloj de pulsera, donde daban las 23:00. Solamente levantó una ceja y suspiró, antes de mirar a la bruja de reojo y levantarse del piso. Se disculpó alegando que tenía cosas por hacer, antes de entrar en su respectivo edificio.

- Me pregunto si no notó el pasar del tiempo.
- ¿Con un hechizo quién lo notaría?

Marina rió ante el comentario, fijando después sus ojos negros sobre Raúl.

- ¿Me acusas de esto? En vez de levantar falsos a los demás, deberías darte cuenta de tus propios "crímenes". Todo estaba en orden hasta que apareciste, entonces la noche avanzó con rapidez.
- No digas tonterías.
- Dime – ignoró ella su respuesta -, ¿qué hay en el día de hoy, que te desesperas inexorablemente hacia el mañana? ¿De qué buscas huir?

La chica aguardaba la contestación, segura y burlona como siempre, en su posición de misterio personificado;

pero la reacción de él ante lo expuesto le sembró una dolorosa duda en el alma.

Miró a Isabela, que la recriminó en silencio antes de irse también.

El espacio y el tiempo semejaban haberse detenido entonces –observó– mientras algo tóxico flotaba en el aire e iba volviéndolo irrespirable. Nadie más se habría dado cuenta a no ser ella, reflejada en sus ojos la "verdad" invisible de ese universo que otra vez y más que nunca se desmoronaba frente a sí.

Esta ocasión era diferente, sin embargo, porque entre la quietud agonizante se alzó un quejido desesperado que apenas pudo escuchar.

¿Raúl?

Las palabras quedaron en su garganta ante la enorme impresión de verlo abrazarla de pronto y con fuerza. Algo en ese apretón le hizo sospechar la intención de esconder lágrimas de debilidad –por supuesto reprochables hasta el punto de la deshonra, para él-. Se limitó sin remedio a confortarlo, sin saber qué esperar ni cómo cerrar esa herida que con un nimio soplo había quedado al descubierto.

VIII

Dio la medianoche en aquel trance antes de que Raúl se calmara lo bastante como para decir palabra.

Aún se escuchaban sonidos de música y risas de niños en los alrededores, pero se acallaron poco a poco con el pasar a ese nuevo día.

Marina se quedó de pie ante Raúl, que acabó sentándose en la escalinata de la entrada del condominio. La tenue luz de la luna se reflejaba en sus ojos, o serían esas lágrimas que nunca dejó ver.

- Así que… ayer fue el aniversario.
- Trece años.

Y también tu cumpleaños "feliz" – completó ella en su mente, quitándose el sombrero para dejar ver su expresión de absoluta solemnidad. No era nuevo en ella el hecho de quedar sin armas ante el dolor de otros, mucho menos ante uno que le afectaba tanto de forma personal. Como profesional le faltaba el tacto, acabando siempre por consolar a sus pacientes; como ser humano era su calidez lo que desaparecía, volviéndose gélida y sin poder expresar lo mucho que le importaba.

Ese era uno sus propios predicamentos, que ocultaba tras su aparente alegría y desenfado por la vida.

Ahora el chico por el que sentía tantas cosas la llevaba a experimentar el lado infausto del amor.

Ese silencio perpetuo y largo ninguno lo experimentó, sumido cada cual en sus propios pensamientos tristes.

Trece años. Desde esa tarde gris y extrañamente lluviosa de octubre, donde un niño pequeño esperaba asomado a la ventana cerrada –dibujando figuras sobre el cristal empañado- que sus padres y su hermano regresaran.

"Ya verás la sorpresa que te traeremos, solamente espera" – fue lo último que escuchó decir a su padre, junto a la sonrisa que su progenitora y su hermano menor le compartieron.

La sorpresa que jamás olvidaría, cuando su abuela recibió en casa la llamada que anunciaba el accidente en la carretera. Su expresión atónita, sus lágrimas cayendo a mares desde sus ojos, la voz entrecortada y la forma compasiva en que lo miró al ver que sus pasos se detenían ante ella. Lo supo.

"¿Llorar? Eso es una tontería. ¿De qué sirve? Ninguna lágrima, ni el sufrimiento, ni siquiera las blasfemias pueden devolverte lo que la vida te arrebata. Es una pérdida de energía, de esa que desde entonces te hace tanta falta sin precisar bien por qué."

- *Amor, pasó algo malo... siéntate – intentaba su abuela explicar, suavemente.*
- *No me interesa... Iré a estudiar – dijo él en tono seco, dando media vuelta y caminando a paso lento y sostenido.*

Y ese fue el nacimiento de "él", esa parte oscura y autodestructiva de su propio yo. Contrario a otras personas a las que pudiera suceder cosa similar, no se trataba de una versión inconsciente de sí mismo, que operara contra su voluntad escondiendo el dolor de su reconocimiento interno. Él sabía bien lo que era, y buscó convertirse en eso como un arma, utilizando su miseria como el motor para reclamarle al universo una justa compensación. Esa que nunca conseguiría por supuesto, y así le daría de por vida el derecho de mantenerse peleado con el resto de la humanidad.

Un perfecto plan, cuyo fin último era la más profunda soledad. El vacío.

Elevó la vista apenas, para enfocar la figura de la joven vestida de bruja. Tenía ella los ojos posados en el piso, al lado izquierdo de él. Ese gesto serio de su rostro se le antojó desolador, y no como pensaba que le confortaría. Robarle la sonrisa no le bastaba para recuperar la suya.

- Pensé que harías algo más que quedarte callada.

La brisa fría de aquellas horas circuló entre los dos, llevándose el comentario suelto de él, que pasó desapercibido.

- ¿No dirás nada?

Marina se le acercó un paso. El restante para estar frente a sí a unos cortos diez centímetros. Esa cercanía de su cuerpo desterró virtualmente la incomodidad del ambiente, y lo obligó a ver hacia arriba, a los ojos inexpresivos y oscuros que lo apuntaban.

- ¿Qué quieres que diga?
- No lo sé, que lo lamentas por ejemplo.

El tono de Raúl indicaba una diversión malsana con el reclamo, como si esperara un esfuerzo de ella por hacerlo sentir bien. Esa mueca que fingía ser sonrisa la desafiaba a utilizar su "magia" contra él.

¿Un grito desesperado?

- Lo lamento – lo complació ella, o eso parecía en principio -, lamento que seas tan estúpido y egoísta. Tu oportunismo no tiene límites, ¡vaya decepción!

¿Qué?

- ¿Qué dices?
- Para mí tú eres transparente – siguió -, y más mientras más trates de esconder la realidad. ¿Usas tu cuento lastimero para invocar espíritus piadosos? Apuesto a que piensas que los que fingen ser víctimas son de lo peor, pues entonces tú lo eres. Cumples un perfecto papel de víctima ante el mundo, mientras secretamente hincas las garras

en la mano que los demás buscan tenderte. ¿Te parece malo? ¿Te parece estúpido? Todo eso lo eres tú mismo, y lo serás para siempre si insistes en bloquear lo que sientes. Estás ante la misma puerta del dolor – le calzó su sombrero, como extraño gesto de protección -, la misma en la que debiste quedarte parado en el instante en que te negaste a experimentar tu pérdida. Déjalos ir de una vez, y déjate ir con ellos. Tú no eras así.

- No sabes nada de mí.
- Sé lo que veo.
- ¿Por qué me dices todas estas cosas?
- Porque te amo.
- Cállate... – se rió él amargamente, mientras Marina continuaba impasible.

El intento firme que hizo de tocarlo le dio a él la oportunidad de tomarla de la muñeca y apretar con la vileza de un ser vengativo. El deseo de lastimarla no se le extinguió hasta notar que una fina línea de sangre se deslizaba por la piel de ella hasta su mano.

- ¿Conforme ya?

La soltó, y en tanto elucubraba en su mente el fracaso de no haberla escuchado lamentarse ella se llevó en secreto la mano opuesta a su herida, conteniendo otra vez el dolor.

- Lo hago por tu bien.
- Tonta. Si fuera verdad lo de tu amor – dijo él -, es una mezcla de masoquismo y desesperación.
- Es amor solamente – sonrió ella -. Esa mezcla inexplicable de dureza y suavidad, de murmullos y exclamaciones, incluso de risas y lágrimas.
- Es una tontería.
- Y también es la realidad.
- Pues entonces te prohíbo que me ames. No necesito esta forma evolucionada de compasión.

Otra gota de sangre se escurrió desde la herida, y ella la observó en su fugaz caída hacia el suelo.

- No puedo complacerte en esto Raúl. Mi amor por ti es ajeno a mi voluntad, o a cualquier fuerza sobre la cual yo tenga control. No hay nada que pueda hacer para evitarlo, ni nada que tú puedas intentar para extinguirlo. Es, y eso es todo. *¿Así es?*

Él, con una media sonrisa de amargura la atrajo a sí en un acto que después se reprocharía.

El beso que buscó y encontró iba a perseguirlo el resto de la noche como un fantasma del futuro, exigiendo su derecho de existir. Pensar en eso, llenarse con tan poco en una situación tan bella y enfermiza le hacía reírse de su propia ingenuidad anterior. Esa noche en el mirador no había sucedido nada, porque sería imposible olvidar algo así. La calidez de su sueño fuera quizá un abrazo, una palabra susurrada al oído. Suficiente para hacerlo sonreír en ese lugar en que todavía no lo alcanzaban sus demonios.

Esa sonrisa leve pero sincera que se dibujaba en su rostro estando dormido era la prueba fehaciente de que una esperanza seguía brillando en la oscuridad. Pero de eso sí él no se daba cuenta. Después de tanto tiempo en guerra contra el universo, sostenido de un hilo de tranquilidad – ajeno a sí- la fuerza que le restaba para mantenerse era demasiado poca.

Metáfora o no, las horas que se esfumaban buscando el final precipitado de sus días, el cielo gris y melancólico plasmaban fielmente su verdadero estado de ánimo. El universo contra el que batallaba era su propia representación. Guerra contra su imagen en el espejo, la que una mañana cualquiera tras el Halloween podría decirle lo mismo que en el relato de Marina.

Esa posibilidad lo estremecía.

¿Fantasmas? ¿Misterios? De ser la realidad cortada en diferentes planos, él y ella habitarían en niveles distintos. Ella, cuyo control sobre su naturaleza humana parecía poco menos que perfecto; él, cuya debilidad disfrazada de fortaleza ya no era suficiente para ocultar su miseria. ¿Cómo podía alguien amarlo, y justamente ella? Era una locura. Para una mente sagaz y clarividente como la de Marina ese amor sería como un experimento, entre los otros miles que hubiera emprendido con cada iluso que cruzara su camino.

El misterio que ella le propuso revelar. Algo desde allí le hizo perder el rumbo. Eso quería creer, que Marina era la culpable de su temor y ansiedad actuales. Que bastaba con alejarla, con repelerla para volver a la "normalidad".

Paula, su salvación. Verla caminar de regreso desde el colegio constituyó por años su instante de paz, la fuente de su poder, y la excusa ideal para justificar la pasividad de su ánimo ante el deterioro de su espíritu. La luz lo enceguecía.

Esa parte oscura, desprendida de su Ello y censurada apenas por las sutiles barreras del inconsciente le reclamaban desde el rincón más terrible de su laberinto mental que luchara por retornar a ese sueño apacible, en que nada importaba y nada era capaz de causarle emoción real.

- *Amor, pasó algo malo... Siéntate – intentaba su abuela explicar, suavemente.*
- *No me interesa... Iré a estudiar – dijo él en tono seco, dando media vuelta y caminando a paso lento y sostenido.*

No quería saber, pero lo sabía. No deseaba llorar, pero las lágrimas acabaron quizá por ahogarlo. Un cobarde, que sobrevive a la sombra de las cosas que han dejado de existir, porque es más seguro ese pasado –aunque doloroso- que ese futuro siempre incierto lleno de nuevas posibilidades de perder y sufrir, de aguantar más golpes para los que no se está preparado.

Es mejor así – se dijo, entre el sueño y la vigilia de esa madrugada larga -. Soy como soy, nada debe cambiarlo. Ya es muy tarde.

¿Una decisión final? Un hilo fino de diamante sosteniendo el cielo de ese universo caótico y aparentemente apacible. La luz que brillaba a su alrededor lo volvía casi invisible, justo para olvidar que estaba allí y actuar como si aquello no estuviese forzado. El reflejo de la claridad daba en la noche esa paz anhelada, aunque artificial e hipócrita.

Pero, ¿qué es eso que opaca el hilo, haciéndolo visible? Otro hilo, que como el agua corre lentamente y sin descanso, tiñéndolo todo de un rojo intenso. Es sangre.

- *¿Conforme ya?* – le repitió la voz de Marina, sujeta a la fuerza por él.

El recuerdo de ese hilo de sangre le causaba ahora un malestar inexplicable. No había razón, si a ella le pasó sin efecto, por esa invulnerabilidad sobrenatural ante el dolor.

Como si la vida y la muerte perdieran su poder ante ella, por el simple hecho de mirarla a los ojos.

Intangible, inalterable, incomprensible.

IX

"Había una vez un universo cuyo cielo era sostenido por un hilo... y un día cualquiera ese hilo se rompió."

La tarde gris caía lenta, sin notarse a causa de la poca luz que durante la mañana el sol pudo esparcir. A pesar de los sonidos del mundo, un silencio se sobreponía. En la acera el paso de la gente se detuvo al anunciar unas primeras gotas finas que la lluvia haría acto de presencia. Pronto las calles fueron quedando vacías, de no ser por los autos, aunque las ventanas cubiertas de humedad y neblina apenas dejaban entrever que hubiera alguien en su interior. ¿Quién estaría llorando? Se dice que si alguien en un hemisferio del mundo sufre lo suficiente, al otro lado nevará, o se desatará una tormenta. Esa extraña y curiosa variante del "efecto mariposa", por el que cada lágrima y cada risa en el mundo desencadenan una reacción particular.

Si no todo tiene una razón, al menos tiene una consecuencia. ¿Y no desencadena eso un círculo vicioso? La sonrisa que te hace sonreír, ver una lágrima aparecer en tus ojos por empatía hacia la tristeza ajena. ¿Acaso esa sonrisa, o esa tristeza no fueron ocasionadas por algo o alguien más? Desde el principio, esa idea abstracta del destino está presente. No por fatalismo, ni por el gusto que los humanos hallan de hablar y pensar en cosas que no entienden; basta el hecho de percibir que hay algo que escapa de nuestro control, pero que acaba llevándonos al rumbo cierto de acuerdo a la decisión que tomamos por nuestra voluntad. Toda una paradoja.

Esa calle desierta fuera del parque, con la sombra descendiendo lentamente y el sonido de las gotas chocando contra el pavimento, se convirtió en un refugio. En medio de la acera, con los ojos cerrados y el rostro expuesto al caer del agua Marina parecía una estatua en medio del silencio. Esos pocos meses transcurridos desde su llegada habían hecho que el cabello le creciera, y con el peso del agua caía ahora hasta la mitad de su espalda, oscuro como la mirada que ahora estaba vuelta hacia un mundo lejano y negruzco dentro de sí. Iba de blanco, en un vestido corto que mojado transparentaba sobre su piel. Un par de botas del mismo color, bajas y hasta la rodilla completaban su atuendo opuesto al de la noche aquella de hace varias jornadas.

Con las palmas hacia arriba para sentir el roce frío de la lluvia, eran notorias las cicatrices pequeñas que en su muñeca quedaban todavía de esa agresión malintencionada de Raúl. A veces, con sólo proponérselo, lograba recordar la exacta sensación de su mano apretando tan fuertemente como para hincar las uñas en la piel. Se había preguntado ya muchas veces qué deseaba él con semejante acto, ¿acaso hacerla llorar? Si aún no se daba cuenta de lo necesario para conseguirlo, era cierto que no creía en su amor.

Y sí, era difícil de creer. De la nada. De esa manera tan directa. La sinceridad absoluta de su sonrisa era fácilmente confundida con una burla.

Pero no mintió, y tampoco surgió de la nada. En la vida tal como ella la ideaba no existían las casualidades.

Desde hoy, me he dado cuenta que sentarme a lamentar mi mala suerte no sirve de nada – cerró la niña la ventana -. No pediré a Dios vivir miles de días más, sólo la bendición de poder disfrutar los que tenga a mi alcance.

Esa memoria fugaz la hizo abrir los ojos, a la vez que dejar de sentir la lluvia cayendo sobre su cuerpo. Lo que encontró su mirada fue el fondo negro de un paraguas.

- ¿Quién...?
- Lo siento, no pretendía asustarte – le respondió un joven hombre, agachándose lo bastante para ver su rostro bajo el paraguas -, es que pareces perdida.

El gesto de Marina fue de legítima sorpresa, por verse allí cubierta por el paraguas de un extraño que le sonreía. Era alto y de buen físico, con cabellos castaños y ojos negros, con una linda sonrisa amable y un tono de voz firme, pero tranquilizador.

- Ah no, no lo estoy – volvió ella en sí, sonriendo también -. Gracias, eres todo un caballero.
- Para nada, cualquiera repararía en una mujer bella como tú.

La mano izquierda de él se elevó lo suficiente como para tocarle la mejilla, parando el correr de una gota de las muchas que resbalaban aún por su rostro. Ese tacto le causó a ella una calidez inusitada, un tanto familiar, y por lo mismo inspeccionó la mirada del hombre. Al cabo de larguísimos segundos miró hacia otro lado, un tanto confundida por la fuerza y disponibilidad con que él correspondió su análisis.

Para Marina resultaba inusual encontrar a alguien en quien debiera reconocer una presencia más inquietante que la suya. Seguridad, paz, sabiduría, no logró dilucidar el secreto interno de aquella alma, a pesar que tuviera las puertas abiertas de par en par.

Y él –que ni siquiera se presentó- insistió en acompañarla a donde sus pasos la llevaran, o al menos dejarle su paraguas como obsequio. Por lo general hubiera sido fácil percibir alguna intención oculta en el ofrecimiento primero, pero en la de él no había tal. Fue lo que hizo que Marina accediera, a pesar de su silencio por el camino y lo mucho que batalló para no volver a inspeccionarlo.

Cuando llegaron a la zona de los condominios y ella giró para agradecerle, él se limitó a negar el que fuera algo importante, con una peculiar mirada graciosa. La vio entrar al edificio y siguió su camino por la vereda. Ella también lo siguió de vista hasta donde le fue posible, pero ya al tener que entrar no pudo haber notado que él dio la vuelta a la manzana, para regresar al mismo punto.

Bajo el paraguas, por un instante no pudo verse más que un gesto melancólico de su sonrisa.

El caer de las gotas contra la ventana se volvió tan monótono durante esas horas trascurridas, que incluso tras el cese de la tormenta el mismo sonido parecía perpetuarse. Fuera quizá un engaño de los sentidos, que encontraban en el estímulo anterior una razón para desear mantenerlo. Igual que en los ojos queda la impresión de la puesta del sol, o en la piel la sensación de una caricia.

"Mi amor por ti es ajeno a mi voluntad, o a cualquier fuerza sobre la cual yo tenga control. No hay nada que pueda hacer para evitarlo, ni nada que tú puedas intentar para extinguirlo. Es y eso es todo" – recordaba Raúl la frase final de Marina.

La seriedad manifiesta de su rostro al decirlo, le indicaba lo convencida que estaba ella de sus palabras. Aunque esa noche, en lugar de ser dulce con él, lo hubiera llenado de reproches y observaciones crueles.

En el fondo ese incidente la había hecho acreedora de su respeto, aunque en sus pensamientos continuara llamándola "loca", y en la vida común prefiriera mantenerse lejos. Ella lo aceptó sin más, sin afirmación alguna ni oposiciones tampoco. Lo abrazaba de improviso a veces, para salir corriendo después y fingir luego que no le importaba. Como si nada la alcanzara en ese mundo suyo inaccesible, aclaró su punto esa noche y no había vuelto a dirigirle palabra desde entonces.

¿Y le llamaba a él egoísta? Nadie se merecía más el título que la persona cuya vida era un completo misterio. Él no sabía nada de ella. Como si fuese un fantasma que apareció una tarde y cualquier otra podía esfumarse entre la neblina. Cada cosa que llegaba a saberse contribuía a incrementar esa duda incómoda que flotaba en el aire. La sensación primigenia de vacío e inquietud de ese día, el mismo en que la conoció por "accidente".

¿Y si era cierto? ¿Y si era verdad que ella podría desaparecer?

La mañana fría y melancólica auguraba alguna nueva lluvia, conservándolo todo silencioso y ahogado.

Con la vista hacia arriba, a la apagada lámpara y el ascético color blanco del piso superior, Raúl intentaba conciliar el sueño. La temprana hora del sábado y el ambiente propicio daban a muchos la excusa para entregarse nuevamente a un existir pasivo y complaciente, pero para él no era sencillo.

Incluso dormir representaba ahora una lucha, que se extendía en las reiteradas pesadillas de esos años transcurridos.

No existía entonces el derecho de comenzar un presente distinto, con menos sombras y más luz. La oscuridad era cómoda, después de todo. Pero así también, debía ser siempre una oscuridad conocida, propia, sin involucrarse con la penumbra de otras almas en pena.

No la de ella.

- ¿Raúl?

La voz de Karina, prueba de que efectivamente estaba despierto. Apenas la quiso escuchar, antes de refugiarse de vuelta bajo las cobijas.

- ¿Estás dormido, querido?

Sí, lo estoy – pensó él en decir, no sin la cuota justa de sarcasmo.

Marina a su vez trató así también de volver a conciliar el sueño en su cama, sin tomarse la molestia de desvestir la noche anterior sus ropas mojadas, pensando únicamente en cosas que no tienen nombre, en recuerdos que parecían no suyos, en la lluvia que en su mente afuera continuaba cayendo. Un sinfín de pensamientos demasiado pesados para su pequeño cuerpo, que la empujaban hacia lugares en que lograba a veces olvidar que había estado. La misma lluvia que Isabela ignoraba cada vez, sentada en el sofá y sumida en su obligatorio pasatiempo. Para otros el sueño o la irrealidad, para ella las páginas de un libro de psiquiatría en que luchaba por encontrar ciertas respuestas. Dormir era una actividad sin importancia, inútil. Tantas horas de provecho entregadas a soñar eran un desperdicio y un lujo que nunca le gustaba permitirse. El tiempo se agotaba. El tiempo siempre se estaba agotando, desde hace catorce años atrás.

Debería sentirse exhausta de correr en círculos fingiendo ante sí misma que sigue hacia adelante. Pero no, nunca sería suficiente. Y nunca la verían lamentarse. Aquella noche lejana Gustavo fue el único que por mala suerte pudo descubrirla en su debilidad. Y la consoló a su manera, con ese beso cargado de dulzura que ella rehusaba desde entonces. Con un tacto delicado sobre su piel. Con todo lo que sucedió después.

En ciertas vidas no hay tiempo para el amor. Eso pensaba, y a su severo juicio es algo que su hermana debería entender también.

Volvería. De nuevo. Y se llevaría la calma que a pesar de tanto lograba conservar. Cada nueva ocasión el abismo era mayor, casi demasiado para luego hallar el camino de retorno. Casi muy lejano para que cualquiera pudiese caminar detrás, quedarse cerca para traerla de vuelta cuando la tormenta pase.

No, no había tiempo para el amor, ni para los sueños, ni para nada. Simplemente el futuro no existía.

- Creo que lloverá otra vez – se levantó, diciéndole al silencio.

Más aún, una tormenta. Mientras los días de noviembre se dejaban sentir fríos a pesar del invierno, las noches traían consigo una inusitada calidez, cómoda para adentrarse en el descanso diario; aunque por allí pocos se lo permitieran.

Segunda Parte

"Cambia al universo"

X

"Como volver al mundo al cual perteneces, sin conocerlo siquiera. Como despertar para seguir soñando... Fue como hacer por primera vez algo que has hecho desde siempre."

Lo abrazaría y se iría. O quizá si él le hablaba antes ella contestaría. Sin duda lo haría, y para sonreír como era su penosa costumbre. Así era Marina, pero ¿por qué lo ignoraba entonces?

Eran casi las horas del atardecer y la vio atravesar el parque por un camino vecino al que él seguía. Se acercó lo suficiente para que lo viera, y lo hizo, como si nunca lo hubiese visto antes ni le interesara hacerlo.

Molestia suya. Un muy bien controlado gesto de hielo que era sorpresivo en ella, pero que era explicable tras el comportamiento de Raúl durante las últimas jornadas. Sin embargo él necesitaba que le devolviera la mirada, al menos que reconociera su existencia que sin esos ojos que lo reflejaran se perdía más en las sombras que ni siquiera aparecían aún sobre la tarde.

Y se lo dio a saber de un modo que él nunca hubiese esperado de sí mismo. Un abrazo, por detrás e inusitado como los que anteriormente le robaba ella, aunque sin correr. Unos segundos así, sintiendo la delicada piel de sus brazos descubiertos en esa blusa de seda color rosa. Estaba vestida más formal que de costumbre pero era ella. La única que podía trastocar su paz.

- Tú...

Ella soltó un grito que provocó que el abrazo terminara. Cuando dio media vuelta sus ojos reflejaban larga confusión y algo de temor.

- ¿Eres alguna clase de pervertido?
- ¿Cómo dices? – respondió él.
- Pervertido. ¿O cómo debo llamar a quien va abrazando desconocidas por la calle, o donde sea? ¡No te me acerques! – exclamó al borde de un ataque de nervios, cuando él quiso acortar la distancia.

Raúl volvió a inspeccionarla como esa primera vez en el uniforme de colegiala. Era la única Marina en el mundo. La suya.

- ¿También estudiaste actuación?
- ¿También? No sé de qué me hablas.
- No bromees conmigo.

Ella volvió a dudar, retrocediendo un paso para buscar a toda prisa algo en el bolso que llevaba cruzado a la altura de la cintura. Un pequeño *spray* que apuntó contra la cara de él, lista para dejar que el líquido escapara.

- Si intentas algo raro te dejaré ciego.
- ¿Qué es eso?

Se acercó más y ella iba a cumplir su promesa, no alcanzando a apretar el disparador antes que la botellita saliera volando por el golpe que Raúl dio a su mano. Tuvo que asirla también por el brazo para evitar que saliera corriendo, como si debiera escapar de un psicópata que intentaba hacerla su próxima víctima. Y en el forcejeo dijo su nombre, tratando de invocarla más allá de esa actitud fuera de lo usual.

- ¿Marina? – repitió ella, calmándose un poco -. Ya entiendo. Te estás equivocando de persona.

Su mirada cambió a una que jamás le había visto, contraria a todo lo que conoció.

- Soy Cristal. Ese es mi nombre. Eres un idiota y me has confundido con mi hermana – suspiró, algo fastidiada -, y solamente por eso no te acusaré de intento de violación y secuestro.

- ¿Hermana?
- Somos gemelas, como podrás notar – se dio una vuelta para ser admirada -. Aunque soy mucho más bella a pesar de eso.

Cabello, estatura, proporciones: exactamente iguales. Estilo de la ropa y actitud: diametralmente opuestas.

- Nunca escuché de eso.
- ¿De mí?
- Isabela tampoco…
- Isabela es otra idiota. Todos en la familia lo son.
- ¿Incluso Marina?
- Principalmente Marina – aseguró -. Así que no vuelvas a confundirme con ella, y más te vale que te acostumbres a verme por aquí, y me reconozcas.

Antes que él pudiera decir algo más lo dejó hablando solo, ya con la noche levemente descendida desde las alturas. Sin proponérselo, un misterio de esa extraña familia acababa de revelársele, y probablemente nunca lo hubiera creído de no ser por verlo frente a sus ojos. Había otra Marina en el mundo. No, no otra Marina. Alguien que lucía igual pero era completamente diferente. Normal y malhumorada, déspota y superficial al parecer. Como un personaje al otro lado del espejo.

Más que antes, más que nunca, Raúl necesitó ver a la única Marina que él conocía.

Vencer sus propias resistencias e ir a buscarla de nuevo hasta su departamento era demasiado para su esquema mental, así que a primera hora de la mañana siguiente esperó sentado en una de las bancas junto a la cancha. Ella debía estar por volver luego de su recorrido nocturno semanal para ver la aurora.

Aunque se dijera repetidamente a sí mismo que ya nada podría sorprenderle de aquella "loca", ella continuaba descubriendo una nueva forma de atraer su atención. Su mirada, su sonrisa, su desesperante actitud imposible de predecir. El misterio era ella, estaba casi seguro de eso. Ese trato extraño que lo había presionado a aceptar debía ser una estrategia para mantener una conexión entre ambos, con la excusa de Paula de por medio. Pero, si su objetivo era el de hacerse presente en los pensamientos de Raúl, ¿por qué arreglar, en más de una ocasión, encuentros "casuales" entre la colegiala castaña y su admirador?

Uno y otro minuto transcurrieron junto a interminables bostezos de parte de Raúl, luchando para no caer dormido como aquella madrugada en el mirador. La falta de sueño le afectada, posiblemente reduciendo su capacidad de un buen análisis de los hechos que tenía a su disposición. Sin embargo, cada mínimo rastro de somnolencia fue desapareciendo de su cuerpo cuando vio llegar a quien aguardaba. Era ella, la de siempre, trepando hábilmente por la parte externa del cercado, de la misma forma que tiempo atrás la había visto hacer desde el interior.

Tan pronto notó su presencia la joven se acercó hasta la banca.

- Tú... - dijo él, tal como siempre, quedando más palabras que no se atrevía a pronunciar.
- Vaya – se sorprendió ella de encontrarlo allí -. ¿Es una típica coincidencia?, o ¿puedo ilusionarme y pensar que me estabas esperando?
- Te estaba esperando, pero no te ilusiones – le esquivó él la mirada -. Solamente quería comprobar si tú eras tú.
- Hmm... ¿Y lo soy?

Raúl se levantó para acercarse más a ella, levantándole el mentón con su mano derecha para que, una frente al otro, sus ojos se cruzaran con facilidad. Entonces la besó.

Afortunadamente sí.

- Sí, por desgracia.

Marina demostraba estar sumamente desconcertada por aquel acto. La misma ropa negra al estilo de mujer fatal no la hacía parecer menos niña ni menos sonrojada.

- Eh, ¿acaso te has enamorado al fin de mí? – logró articular.

Él sonrió con un gesto cruel, como de burla, no dejando notar el alivio que le producía escucharla hablar de la misma forma tonta de costumbre.

- Nada de eso. Es sólo que comparada con tu hermana de pronto pareces menos insoportable.
- ¿Hablas de Isabela?
- No... de Cristal. La conocí por accidente. La confundí contigo y...

No pudo seguir. La expresión de Marina cambió tan bruscamente que lo hizo interrumpirse. Lo que se veía en su rostro era ¿terror?

- ¿Cristal estuvo aquí?
- Ayer – respondió él, sin perder detalle de la faz de su interlocutora.

Ah, entonces era eso – pensó la pelinegra, profundamente conmovida -. *Ha vuelto.*

- O me equivoco, o creo que su aparición te desagrada. No te culpo, me pareció bastante antipática. Parece una mentira enorme, pero eres la mejor versión de ti.

Aquel intento de hacer una broma fue devastador. En poquísimos segundos Marina reaccionó violentamente, dándole una cachetada con todas sus fuerzas, haciéndolo caer al piso y dejándole la mejilla de un notorio tono sonrojado.

Él le regresó la mirada con furia casi asesina, una que desapareció en la nada al comprobar en los ojos ajenos alguna turbación demasiado seria como para intervenir.

- No hables mal de Cristal... por favor. Sólo a ella la quiero más que a ti, sólo por ella te lastimaría a propósito. Sólo por ella. Así que no...

Una inoportuna lágrima fue apareciendo en uno de sus oscuros orbes, atinando a voltear e irse corriendo hacia la entrada del condominio antes de que él la viera caer. Sabía que ese momento iba a llegar, era inevitable, pero la rapidez con la que los días apresuraron su carrera la hicieron darse un fuerte golpe contra la realidad. Una parte del cielo acababa de caer. Las demás se acercaban con más fuerza.

Marina se preguntó qué debía hacer con lo descubierto. Decírselo a Isabela probablemente no era la mejor opción. A pesar que era necesario que lo supiera. Guardar silencio. ¿Cuánto tiempo más funcionaría eso, antes que la bomba estallara debido a su propia presión?

Avanzando pesadamente por las escaleras hacia el segundo piso, escuchó pasos acercándose a toda velocidad, reconociendo enseguida que eran de Raúl. La estaba persiguiendo. Seguramente enojado por la bofetada, querría vengarse de alguna manera.

Corrió lo más rápido que pudo para aumentar la distancia y evitar que pudiese alcanzarla. No quería enfrentársele así, en ese estado. Simplemente no podía volver a verlo hasta rehacer sus planes.

- ¡Marina! – escuchó su nombre en alta exclamación.

Quedaba un piso hasta llegar a buen recaudo y él iba acortándole el paso. ¿Por qué ahora? ¿Por qué Cristal? ¿Por qué ese beso?

Arribando al pasillo del quinto piso, notó que su persecutor venía a mitad de la escalera, aumentando su impulso cuando la divisó tan cercana.

- Tú… ¡Detente ahí!

Apenas por un par de metros, Marina alcanzó a abrir la puerta y tirarla con fuerza para lograr sentirse a salvo. Desde fuera se escucharon algunas maldiciones y la sensación de un sordo golpe contra la dura madera barnizada.

La terquedad era un gran defecto de Raúl, y lo impulsaba a seguir insistiendo en derribar esa barrera entre él y lo que deseaba. Pero no estaba convencido de saber la naturaleza de sus deseos. Venganza. Preocupación. Un poco de ambas.

- Me vas a abrir – murmuró, sabiendo que la pelinegra lo escuchaba del otro lado de la puerta.

Pero no hubo respuesta.

- ¡Marina!

Volvió a golpear la madera con su puño derecho, frustrado por el silencio y la sensación de que algo iba escapándose de entre sus manos.

- Sé que estás ahí, ¡ábreme! – respiró hondo, pero no funcionó -. ¡¿Escuchaste… infeliz?!

Pero nadie le respondería en esa ocasión.

A tan poca distancia como para sentir cada uno de sus golpes y blasfemias, Marina yacía sentada en el piso alfombrado, con su espalda arrimada contra la puerta. Sus manos se habían paralizado igual que el resto de su cuerpo, en esa posición. Lucía totalmente indefensa. Lloraba. Lloraba como hace catorce años. Justo como ese día en que su vida cambió para siempre.

"Todos tenemos cosas que ocultar, y recuerdos que sufrir. Hay heridas que difícilmente lograrán sanar, e incluso si tenemos la misericordia de que así lo hagan, la cicatriz seguirá marcándonos para siempre."

No soy tan diferente a ti – pensó -. *Debe ser otra razón por la que te amo.*

Un par de horas luego, Isabela la descubrió en la misma posición, con los ojos rojos y los párpados ligeramente hinchados por el llanto. Enseguida supo adivinar la razón de semejante escena, y por un instante ella también sintió deseos de llorar. Pero no.

La ayudó a incorporarse para llegar hasta su cama, a quitarse la ropa ajustada y reemplazarla por un cómodo camisón rosa. Su cuerpo estaba ahí pero su mente continuaría flotando en lugares distantes e inalcanzables. Las palabras no eran suficientes para traerla de vuelta. Nada lo era. Por eso la rubia ni siquiera lo intentó. No era la primera vez que la veía así, de hecho, ya habían sido demasiadas. Con un pañuelo facial le limpió a su hermana las comisuras de los ojos, suavemente para no perturbarla más. Le peinó el cabello y le dio una taza de leche tibia, que Marina bebió por inercia. Después la hizo recostarse y la cubrió con el edredón para que pudiera descansar, asegurándose antes de que las cortinas estuvieran tan bien cerradas que la luz del sol no lograra atravesarlas.

- Dormir les hará bien a ambas – dijo, poco antes de salir de la habitación. No estaba segura de a quién le hablaba.

Esa era siempre la peor parte.

XI

Tras aquel incidente Marina estuvo aislada, impidiendo que Raúl volviese a toparse con ella. Lo restante de noviembre, los inicios y mediados de diciembre: nada. Su enojo y confusión eran muy grandes para permitirle demostrar que le preocupaba tal ausencia, así que fingió que la chica no existía. Las primeras lluvias llegaron y se fueron de forma triste y sombría, igual que los pensamientos que discurrían sin cesar en su cabeza.

Esa naciente mañana, de no ser por el alboroto que se armó en el edificio a causa de sus gritos y golpes a la propiedad privada se habría quedado detenido todo el día en ese mismo punto, esperando poder entrar al departamento de las Freire. Incluso el comportamiento de Isabela resultaba extraño desde entonces, pero cuando Karina atinó en preguntar por el estado de su hermana menor ella solamente comentó que había pescado una enfermedad tropical altamente contagiosa, por lo que tuvo que ponerla en cuarentena. Su posición de médico casi graduada le daba la posibilidad de mentir hasta ese punto, y todos le creyeron.

Todos menos Raúl Palacios.

Por las calles y avenidas ya se respiraba el olor del ambiente navideño. Olor a cosas nuevas, al plástico de los pinos artificiales y la disímil forma de los adornos que iban sobre él. Otra festividad tonta para tener que tolerar. Seguramente Marina estaría encantada con la falsa paz, cooperación, y actos de fraternidad que se veían aquí y allá

85

para las presentes fechas. Con el colorido comercialismo y la hipócrita espiritualidad de los católicos que sólo recordaban serlo cuando se acercaba el cumpleaños de su salvador.

Semanas atrás, pensaba que viéndola nuevamente a la cara bastaría para tranquilizarlo, pero era evidente que una cara similar pero sin la misma alma no funcionaría. Lo supo cuando se topó con la infame gemela. Cristal no estaba enterada del padecimiento de Marina, ni pareció importarle en lo más mínimo cuando él se lo comentó. Andaba deambulando por el parque cercano a los condominios, vestida como toda una dama de alta clase social, y desprendiendo un aroma a *Chanel N°5* que Raúl jamás podría reconocer. Sólo sentía que era fino.

- ¿Entonces no sabes nada de Marina?
- No. Y si es verdad lo de la enfermedad tropical espero que muera de una vez. Al menos, no me les acercaré ni a ella ni a Isabela por un buen tiempo – rió, con un dejo de maldad.

Oírla resultaba desagradable.

- Si no estás aquí para visitarlas, ¿entonces para qué? – la confrontó él -. Además, debes de saber lo mucho que Marina se preocupa por ti, y en cambio tú le deseas la muerte. Eres de lo peor.

Ella se estaba arreglando el cabello con ayuda de su espejito portátil en ese instante.

- ¿Terminaste el sermón? ¿O te falta?
- ¿Realmente llevas su misma sangre? – se le ocurrió decir, al notarla con tanta frialdad emocional.
- Te podría asegurar que exactamente la misma – le fijó la mirada un momento, sonriendo de mala manera -. ¿Tienes algo más para decirme?
- De casualidad, ¿tienen más hermanos o hermanas?
- Somos las tres. Yo soy la menor por algunos minutos.
- Quizá por eso Marina trata de protegerte.

Cristal estiró su mano hasta colocarla alrededor del cuello de Raúl, presionando un poco. Él no reaccionó, tratando de analizar tal conducta homicida, pero ella no demostraba emoción humana en absoluto.

- No hables como si la conocieras. No sabes nada. No has dado ni un atisbo a lo que somos, y por tu bien sería mejor que jamás lo hicieras – lo soltó, sonriendo con pura hipocresía -. ¿Lo has entendido? No te nos acerques más, ni a ella ni a mí. No le preguntes nada a Isabela tampoco. Seguramente Marina te ha molestado lo bastante para querer que desaparezca de tu vida, entonces, antes esfúmate tú de las nuestras – ordenó, impasible -. ¿Lo entiendes? No estorbes más.

Un escalofrío similar al que había sentido hace mucho le recorrió por la espalda. Se equivocó en suponer que Cristal era normal junto a su hermana. Ninguna tenía ni un ápice de eso, pero de pronto logró comprender que mientras la mayor de las gemelas luchaba desesperadamente por formar parte del mundo, la otra se esforzaba por sumergirse por completo en la oscuridad.

Y esa oscuridad las arrastraba a las dos.

Por su parte, Isabela batallaba para no denotar su propia afectación. Cantidades insanas de helado de chocolate y galletas del mismo tipo eran la única vía de escape que se permitía para conservarse de pie y seguir con la pesada rutina de su vida. Trabajar en la tesis era agotador. Las noches de guardia en el hospital eran tediosas y aburridas; se le presentaba la obligación de dialogar con sus compañeros para pasar las horas cuando no había nada urgente por hacer. Años y años de conocer y codearse con un grupo de personas no la hacían necesariamente parte de su círculo social. Simple y llanamente ella no tenía uno. Su vista, sus objetivos, y cada uno de sus pasos estaban calculados hacia una meta lejana que se esmeraba por poner un poquito menos inalcanzable cada día.

Era su deber. Era su anhelo. Era la razón de su vida. Solamente un extra de sacrificio, unos pocos años más y podría considerarse a sí misma una psiquiatra. Como su abuelo. La vida quizá empezaría después de eso, con algo de suerte.

Y Gustavo. A veces, trataba de observarlo a escondidas a través del balcón, mirando un rato hacia su departamento en el otro condominio. Pero él nunca se asomaba. Vivía encerrado entre esas paredes la mayor parte del tiempo, haciendo quién sabe qué y sobreviviendo quién sabe cómo. Alguna vez le escuchó mencionar que trabajaba para su padre a través de la computadora, pero nunca quiso averiguar. Mantenerse lejos era lo mejor. La distancia física se vuelve poco a poco una distancia emocional, y esa es infinita en comparación con los metros entre un departamento y otro.

Miró a su alrededor. Las paredes, la alfombra, y el sofá. Ese sofá en que mal dormía gran parte de las noches, y que alguna vez significó mucho más que un sitio para descansar. Cuatro años atrás. Fue un momento de genuina debilidad que él supo aprovechar para conseguir lo que quería. O no, Isabela lo estaba juzgando mal. Él realmente deseaba consolarla esa noche, tras verla tan dolida, pero su nula experiencia lidiando con sentimientos heridos lo llevaron a actuar de forma idéntica a como hacía con sus amigas de turno. Seducir y olvidar. Aunque la mañana posterior no fuera él quien decidió tomar esa ruta, sino la joven rubia que nunca más había querido devolverle el saludo.

En vidas como la de Isabela no existía lugar para extrañar a nadie.

"Mírame otra vez. Soy yo. La misma imagen que siempre has reconocido. La misma alma que nunca será compatible con la tuya. El mismo tiempo que desearías

borrar de tu memoria. El mismo abismo en donde siempre desearás caer."

Cristal volvió a revisar su reflejo cuando vio que el auto que esperaba apareció por el otro extremo de la calle. Era bella. Una sonrisa se le dibujaba todavía al recordar la expresión del amargado chico que había venido en su búsqueda. A todas luces era un niño. Muchos como él creen haber tocado fondo y se sienten orgullosos de eso, pero nada más falso. La miseria no tiene niveles, y aunque basta poco para que alguien se sienta así, el estrato último de la desolación es cuando ya no logras sentir nada. Nada en absoluto.

El *Chevrolet* color plateado se detuvo justo frente a la joven. Ella caminó hasta el borde de la vereda, y con su índice derecho tocó el cristal de la ventana del conductor para que éste la bajara.

- Te tardaste Agustín. Pensé que me habías dejado plantada. Nunca te lo hubiera perdonado.
- Disculpa – dijo él, bajando a prisa para dar la vuelta y abrirle a ella la puerta hacia el asiento del acompañante.

Portaba un traje más formal que en la tarde de lluvia cuando apareció ante Marina, pero era el mismo hombre. Una elegante mezcla de juventud y madurez acompañaba a sus tres décadas, pero sus ojos negros brillaban como los de un adolescente enamorado.

- ¿Cómo te has sentido? – preguntó a la chica, cuando ya ambos estaban en el auto -. Luces muy bonita.
- Ya lo sé – dijo ella, inclinándose sobre él para besarlo -. Llévame a un lugar privado.
- Cristal…

Lo hizo sonrojar sin duda, pero lejos de ceder sus palabras lo hicieron adoptar un continente serio. Ella lo notó.

- Sigues siendo un aguafiestas.
- Si me has llamado sólo para eso... - dudó - quizá debamos dar una vuelta corta y regresar.
- ¡Nada de eso! Quiero tomar aire, por favor – suplicó, utilizando muy bien sus armas en quien sabía que funcionaban -. Estoy harta de estar encerrada en ese cuarto.
- Aunque es por tu bien, y por ahora lo mejor.
- ¡No lo es! Por favor...

El hombre acercó su diestra a la mejilla de ella y la acarició. No lograba negarle nada a esa carita de fingida inocencia.

- Pero promete que te portarás bien.
- Lo prometo – sonrió Cristal, acercándose para otro beso -. Dime, ¿me amas? Quiero escucharlo.
- No es lo más correcto de decir.
- No te estoy preguntando si es correcto o no, sino lo que es.
- Te amo – le confesó de nuevo, en un tono bastante más bajo al regular -. ¿Vas a volver conmigo, verdad?
- Iré contigo donde quieras, y podrás hacerme todo lo que quieras – le guiñó ella el ojo, con una perfecta actitud de coquetería -. ¿Qué te parece eso?
- No es a lo que me refería – suspiró él, sonriendo apenas -. Sabes que hablo de la clínica.

Ella desvió la mirada hacia la ventanilla de su lado del auto.

- No me arruines la tarde. No quiero hablar de eso. Sólo quería divertirme y hacer el amor contigo.
- Eso no pasará.
- ¿Es que no me deseas? – preguntó, con un tono seductoramente infantil.
- Ese no es el punto... Lo sabes.

Cristal resopló de fastidio. Si no cambiaba el tema iba a recibir otra amonestación verbal.

- Ya... El señor psiquiatra tiene un código moral muy estricto sobre no tener sexo con sus antiguos pacientes, ¿es eso? – se cruzó de brazos -. Pero no parece haber problema para correr como un perrito faldero detrás de alguna de ellas y decirles que las ama.
- No hables en plural. Tú has sido la única.
- Entonces sí me amas.
- Ya lo he dicho.
- ¿Entonces por qué no quieres estar conmigo?

Otra vez hacia la misma plática, en el mismo punto. A Agustín le costaba contenerse más de lo que la joven llegaba a imaginar. Era un hombre después de todo, pero tras años de haberla conocido y entre ellos meses de haberla tratado casi profesionalmente la idea se le antojaba reprobable. Sobre todo porque era ella.

- Cristal...
- Echa a andar de una vez. No me puse bonita para estar acá sentada contigo en el auto.

Aparentaba estar resentida.

- Bien – suspiró él -. ¿Dónde quieres ir?
- ¡Un hotel!
- Genial entonces, iremos al cine – la ignoró él completamente, poniendo al vehículo en movimiento hacia el centro de la ciudad -. ¿Hay alguna película que quieras ver?

Con la valedera excusa de mantener la vista en el camino, trató de no fijarse en las caras feas que la pelinegra le estaba haciendo. Se portaba como una niña. Tal vez porque lo veía a él como un adulto.

- Me podría lanzar por la ventana, ¿sabes?
- Lo sé – sonrió Agustín, sin dejar de mirar al frente -, pero prometiste que te ibas a portar bien, y yo te creo.

Cristal se calmó al escuchar esas palabras. Contra el cristal de su ventana unas pocas gotas de lluvia comenzaron a chocar, y se las quedó mirando como quien observa un péndulo.

Se preguntaba por qué era él. Siempre acababa llamándolo sólo a él, desde que lo conoció. Algo le daba una especie de seguridad cuando estaba cerca, como si pudiera contenerla, como si pudiera salvarla. *¿Salvar a quién?* – se quejó a sus adentros -. *Yo no soy alguien a quien se pueda salvar. Yo no soy "alguien".*

La tarde oscurecía. Cuando encontraron parqueo cerca de las salas de cine, Agustín la tomó de la mano como si temiera que pudiera escapar.

Lo dejó elegir la película que verían mientras ella iba al baño a retocarse, pero cuando escuchó que el título era de dibujos animados protestó tanto que él volvió a hacer fila para comprar entradas diferentes. Una de terror era preferible. Al menos le daría una razón para ser confortada.

- Me tratas como a una novia.
- Shhh – puso él su índice diestro sobre los labios de ella -. La película ya va a empezar.
- Yo sólo quería estar contigo – se acomodó ella en el asiento, un tanto melancólica.
- Y yo contigo – volvió a sujetarle la mano.

Los instantes de paz no duraban. Por eso eran valiosos, y eran instantes. Cualquiera de los siguientes días él tendría que aparecer ante la puerta de las Freire y provocar una tormenta. Cristal no podía andar suelta por ahí. Por mucho que lo confundiera y quisiera quedársela ella jamás podría pertenecerle.

La definición perfecta de un amor imposible.

XII

La mañana se había levantado temprano ese naciente día. Eran apenas las 07:30 y el mundo estaba acelerado. La propaganda de felicidad y buena voluntad que se hace a las fiestas navideñas es un tanto engañosa, notando cómo la gente pelea en las tiendas y supermercados por la última pieza de pan o un vestido a la moda.

Bienvenido 24 de diciembre. Una de las fechas más estresantes del año.

Cuando Raúl fue a la cocina por su desayuno lo que se encontró sobre el mesón fue un pavo en bandeja de aluminio, al que su abuela aliñaba generosamente con toda clase de menjurjes conocidos y desconocidos.

- Buenos días amor.
- Buenos... días.
- ¿Quieres chocolate caliente?
- ¿Ya hiciste?
- Siempre – contestó la mujer, levantándose a lavarse las manos para servirle una taza a su nieto -. Siéntate.

Raúl aprovechó para ojear el periódico. Había propagandas de cenas navideñas con pavos por doquier. Curioso el lavado mental que había logrado esta sociedad postmodernista: la navidad sin pavo no era navidad. Y sin árbol, luces, y regalos tampoco, desde luego.

Solamente al recordar el maldito nudo que los juegos de luces tenían cuando las sacó de la caja del año pasado le crispaba los nervios otra vez. Eso y revisar los fastidiosos foquitos uno por uno hasta dar con el que estaba quemado. Y luego, colocarlos cuidadosamente en el árbol y las ventanas, despacio para que algo no se afloje y el trabajo se echara a perder.

- Feliz navidad – le sonrió Karina al acercarse con la taza de chocolate. También le trajo un plato con un sándwich de jamón.
- Abuela… es mañana. Gracias – le devolvió la sonrisa.

Tristemente, ese año pensó pasarlo diferente. Con Marina molestando a su alrededor, pero continuaba sin saber nada de ella. Si tan sólo tuviera una excusa creíble para ir a buscarla.

- Raúl, quiero pedirte un favor.
- Dime.
- ¿Crees que ya Marinita se encuentre bien de salud? Quería hornearles un pastel de navidad a Isabela y a ella, pero me daría pena que no pudieran comerlo por indicaciones médicas o algo así.

Marinita – se repitió con gracia a sus adentros, antes de responder.

- Estoy seguro que ya debe estar mejor, ¿pero cuál es el favor?
- ¿Puedes cerciorarte, con Isabela?
- ¿Quieres que suba hasta su departamento y les pregunte?
- Con todo ese asunto de la enfermedad tropical, estaba pensando que pudo haber sido el virus de la AH1N1, ¿no crees?

La enfermedad estaba "de moda" en esa época, aunque pocos se habían confirmado a lo largo del país, y ninguno en la ciudad.

- Estoy seguro que no es eso abuela. De ser así Isabela la habría llevado al hospital.
- Pero ve – insistió Karina -. Además, si no tienen otros planes invítalas a cenar con nosotros esta noche. Mientras más seamos mejor.

Isabela vivía hace ocho años en el departamento de arriba. Pese a que su abuela siempre fue amable con ella, jamás antes tuvo la intención de invitarla a la cena de Noche Buena. Esto era por Marina seguramente. ¿Por él? Le estaba dando una oportunidad.

- Iré – dijo, evitando mostrar más emoción de la cuenta.

Aquellos días de vacaciones en que no tenía que preocuparse por actividades de la universidad se demoraban tanto en venir y terminarse, a diferencia de como resultaba para el común de los mortales. Para Raúl era mejor estar ocupado, con la mente enfocada en trabajos, fórmulas, e investigaciones. Cuando sus pensamientos no tenían un tema, corrían inevitablemente a pensar en el pasado. O en el presente.

Se dio un baño y se vistió con algo más decente que el pijama, para cruzar la barrera de su resistencia y subir las escaleras hacia el piso contiguo. Ante la entrada de las Freire, se le vino la imagen de aquel día en que vio a Marina por última vez, corriendo para huir de su alcance, casi tirándole la puerta en la cara. Se descubrió nervioso, viendo con vergüenza como su mano temblaba al acercarse al timbre. Lo tocó.

Al cabo de un minuto, y de tocar por segunda vez, lo recibió un chico de cabello castaño cuya expresión de desconcierto debía ser un reflejo de la suya.

Creyó haberse equivocado de departamento.

- Ah… ¿Aquí viven las Freire, cierto?
- Isa y Mar – dijo él, confirmando -. ¿Las buscas?
- Ah… sí – logró decir Raúl, todavía dubitativo por aquella presencia masculina que no conocía, y por los diminutivos tan informales con que aquel adolescente se refirió a las hermanas -. ¿Tú quién eres?
- Pues lo mismo podría yo preguntarte – le devolvió el chico, enfilando su mirada esmeralda con prevención.

Raúl apretó los puños, tratando de calmarse. Se sentía bastante menospreciado estando de nuevo ante la entrada sin permitírsele pasar.
- Soy su vecino de arriba. Me llamo Raúl Palacios.
- Oh. Nunca he oído hablar de ti – confesó entre risas el chico -. Soy Manuel, amigo de Mar. Isa salió a comprar y Mar está dormida, ¿quieres que la despierte?

Ese "Mar" repitiéndose tantas veces era más molesto que el "Marinita" de su abuela.
- Si no es molestia.
- Para nada. Entra – lo dejó al fin pasar hacia la sala -. Ya te la traigo.

Lo invitó cortésmente a sentarse, como si fuera su propia casa, y después, mientras caminaba hacia las habitaciones Raúl lo observó con más detenimiento. Tendría unos diecisiete años cuando mucho, aunque últimamente no atinaba a suponer la edad, y siendo amigo de Marina no se atrevía a asegurar nada. No obstante, le molestó la cantidad de confianza que ambas debían tenerle, en especial Isabela que resultaba tan paranoica hacia los hombres.
- ¡Ahhhhh! – se escuchó desde el pasillo. La voz era de Marina -. ¡¿Qué rayos haces?! ¡Bájame!
- Nada, es divertido – se burlaba la voz de él -. ¡Casi no pesas!
- ¡Ya!… ¡no me toques ahí!

¡¿Qué demonios están haciendo?!

Raúl estaba a punto de correr hasta el pasillo cuando vio a Manuel regresar con Marina sobre su hombro. La cargaba como se hace con un costal de papas en pleno mercado.
- ¡Morirás Manuel! Te aplicaré la *guillotine choke,* o una patada en donde más te duele, ¡ya verás!
- Calma, te traje porque tienes visita – la bajó, y recién entonces ella pudo ver de quién se trataba -. Yo… Iré al cuarto de Isa a jugar con su PS3 – agregó

luego, notando cierta tensión en el ambiente -. Grita si me necesitas.
- Sí – dijo ella, mecánicamente.

Hubo un incómodo silencio por varios segundos, mientras ella pensaba cómo mentir y él cómo disimular.
- Eh... ¡Feliz navidad! – exclamó sonriente la pelinegra.
- Eres igual que mi abuela – volvió a sentarse él en el sofá -. Es mañana.
- Sí. Lo sé... - se quedó callada, mirando hacia otro lado.

Raúl dio un vistazo rápido a la decoración navideña del lugar. El árbol era más pequeño de lo que imaginaba, como de un metro de altura, aunque estaba decorado con obsesivo esmero. Además, había pequeños detalles navideños por todas partes: tapetes, cojines, un reno de luces junto al balcón.

Él había planeado qué decir durante todo un mes, y repasado palabra por palabra desde el desayuno, pero ahora no se le ocurrió otra cosa que preguntar por el desconocido que había encontrado al venir.
- Se llama Manuel.
- Ya me dijo. ¿De verdad es amigo tuyo?
- Sí – dijo ella.

Estaba parada en el mismo lugar donde el castaño la había dejado, sin atreverse a mirar directamente a Raúl, como una niña llena de vergüenza.
- ¿Cómo te encuentras?
- Bien – mintió -. ¿Y tú?
- Enojado.
- Ah, ¿y por qué?
- Por esa mala excusa que te inventaste para no dar la cara.

Él era tan directo. Marina sonrió, como recobrando de pronto su habilidad de parecer impasible. Iba vestida con un corto camisón de seda rosa y shorts de encaje blanco, así que aprovechando ese aire descuidado de recién levantada se acercó hasta Raúl y se sentó sobre sus piernas, colocando su brazo izquierdo alrededor de los hombros del joven.

- Me hace feliz saber que me extrañaste – le susurró.
- ¿Extrañar tus tonterías? – trató de ocultar sus mejillas sonrojadas. Podía sentir la calidez del cuerpo de ella sobre el suyo -. Si no te bajas pronto espero que no te sorprenda lo que vas a sentir.

Ella lo vio con incredulidad, y acto seguido echó a reír tan sonoramente que Raúl le tapó la boca, para no alertar al muchacho que debía estar dentro jugando videojuegos.

- Cállate.

Marina asintió, no menos sonriente.

- Ahora explícame ese asunto de la enfermedad tropical. Y lo de tu hermana perversa – se refería a Cristal -. Y lo ese amigo tuyo.

Ella se levantó para sentarse a su lado en el sofá. Estuvo a punto de insinuarle que parecía estar resentido, preocupado, y celoso. Gran error. Incluso si fuera cierto era preferible no cavar más hondo respecto a lo que hubiera dentro de él, sobre sí misma. Ese alivio sobre su propia pena que tal vez llegó a encontrar por fijarse en la de otros no era sino un maquillaje que si permanecía demasiado tiempo sobre el rostro acababa por hacer más mal que bien.

Le inventó una excusa creíble para justificar que, en efecto, lo de la enfermedad era cierto; usando algunos términos técnicos que Isabela le indicó. Y en cuanto a Cristal, le confesó que ella padecía un grave problema de salud –sin revelar la naturaleza de éste-, y que por eso intentaba protegerla hasta el punto de dejarla hacer lo que quisiera.

No era mentira, aunque tampoco era la verdad.

Isabela llegó poco después, junto a dos jóvenes que debían tener aproximadamente la misma edad de Raúl. Al parecer había sido una mañana agitada haciendo compras navideñas a última hora, y la rubia los utilizó para ayudarla a cargar las varias fundas del supermercado que traía consigo.

- ¡Almendras! – exclamó Marina emocionada, sacando el paquete de frutos secos de entre una de las bolsas -. ¡Son mías!
- Pero ayuda a ordenar. Todos – les dirigió una mirada malhumorada,

De no ser por la declaración de Cristal acerca de que no tenían más hermanos, Raúl hubiera pensado que aquellos jóvenes eran parte de la familia Freire. Aunque físicamente ni Manuel ni los otros tuvieran nada en común con las chicas, se trataban con tanta intimidad que lo puso nuevamente de mal humor.

- ¿Qué se te ofrece Raúl?
- Mi abuela quiere saber si Marina y tú pueden comer pastel, para darles uno de regalo de navidad.
- Podemos – se le iluminó el rostro a la rubia por una décima de segundo -. ¿Sólo era eso? Dile que muchas gracias, y que estaremos encantadas de recibirlo.
- También – aumentó Raúl, con algo de resistencia – manda a preguntar si no tienen planes para esta noche, y si desean acompañarnos en la cena.

Isabela buscó la mirada de su hermana al escuchar aquello, y se disculpó por no poder aceptar tan amable invitación.

- Ya hemos planeado una cena, como podrás ver – señaló las compras -, y dos de estos tontos nos van a acompañar ya que sus padres están de viaje en el exterior. Agradécele a Karina otra vez, por su consideración, pero estaremos bien y entre amigos.

La pelinegra notó un cambió sombrío en el ánimo de él con la respuesta, pero no aumentó nada. Las jornadas transcurridas desde aquella conflictiva tarde, y las pláticas con su hermana mayor la habían hecho tomar la única decisión factible. Antes de que el cielo acabara de caer, antes de que la última fibra del universo se rompiera, era preciso destruirlo con las propias manos, a voluntad. De esa forma es plausible prever dónde caerán los escombros. De esa forma quizá se podía evitar acabar aplastados por la realidad resquebrajada en mil pedazos.

Feliz navidad – se repitió ella, abriendo el paquete de almendras y olvidándose del conflictuado joven que acababa de salir por su puerta.

Mientras las horas avanzaban volviendo tarde a la mañana, y noche a la tarde, en el aire se respiraba cada vez con más facilidad un aroma a galletas, vino, y los aderezos del menú navideño. Era una fecha especial, y el mundo se comportaba de manera especial.

Están actuando – pensaba Raúl -. *Están tan convencidos de su actuación que se ha vuelto la realidad.*

Era esa facultad de la humanidad de volver real aquello en lo que pone su determinación lo que volvía un día corriente una fiesta casi mundial. La tristeza, la soledad, y el dolor causado por los fantasmas personales de cada ser desaparecían en el aire si aquel poder de sugestión pudiera usarse conscientemente, a placer. El universo entero giraría en la palma de nuestra mano, creando y destruyendo el plano de la realidad de la forma en que cada uno lo deseara. Y el sol se asomaría porque estamos felices, y las nubes lo cubrirían porque sentimos dudas, y las estrellas brillarían porque tenemos esperanzas.

Y jamás llovería, porque no volveríamos a sentir dolor.

Pero ahora, en la naciente Noche Buena, una suave garúa caía sobre la ciudad. ¿Por causa de Paula, o por culpa de Marina? O de él mismo. O de nadie.

La convicción de que las leyes físicas estaban regidas por el ánimo de la castaña había perdido peso para él. Cada regla de su mundo, y cada pilar de su bien custodiada cordura cambiaron cuando la pelinegra apareció. Ahora las leyes de su psiquis, del universo, de la gravedad, de la vida y de la muerte, no tenían sentido concreto.

Decidió dar un paseo por el vecindario, desde la cancha hasta más allá del parque, para evitar ver a su abuela correr de un lado a otro desesperándose con los detalles de la comida. Gustavo le sería de ayuda suficiente, tal como en navidades anteriores, dándole a él la libertad de reaparecer cerca de la medianoche, similar a una mala representación de Santa Claus.

"Un mito es una mentira con historia, con una tan bien fabricada que nos hace dudar si realmente es verdadera. Es una figura imaginativa que surge de la imperiosa necesidad de creer en algo, de que somos capaces de alcanzar algo, de convertirnos en algo, de que algo nos reconozca. Tal como el Hada de los Dientes, Santa Claus, o el Conejo de Pascua... la felicidad y el amor son mitos también."

Bajo un paraguas color gris, Raúl distinguió la figura de Paula a la distancia. Iba ya vestida con lo que debía ser su atuendo de navidad: un bonito vestido de encajes color lila sobre la rodilla, y sandalias rojas de tacón alto. Estaba por entrar al condominio norte, seguramente luego de su ronda de repartir felicitaciones a sus conocidos de la zona, cuando se cruzó en la cancha con Manuel.

De inmediato se le dibujó una sonrisa en los labios coloreados de rosa, y el chico la correspondió.

- Feliz víspera de Navidad – le dijo, con su melodioso tono de voz -. ¿Ya te vas a casa?

- Sí, Luis me está esperando en el auto – respondió él, acercándose para abrazar efusivamente a su amiga -. Te ves hermosa. Las chicas sí que se transforman cuando se arreglan un poco.

Un comentario así habría hecho que Marina se queje, pero Paula era ingenua para encontrar bromas crueles cuando las disfrazaban de cumplidos.

- Que pases una bonita noche con tu familia – se despidió, ya entrando.
- Gracias, también tú. ¡Salúdame a tu mamá!

Raúl –que había estado escuchando la plática ocultándose tras una esquina del otro edificio- salió de pronto ante el camino de Manuel, que enseguida lo reconoció y lo saludó con el sempiterno buen humor que aparentaba tener. Por lo que dejó averiguar era compañero de clases de Paula, y la razón por la cual Marina y ésta se acercaron como amigas en primer lugar.

- Mi hermano me matará por hacerlo esperar tanto – se disculpó, tratando de zafarse de las preguntas -. ¡Ya son casi las diez! – exclamó luego, consultando su reloj pulsera -. Nos vemos Raúl.
- ¿No te quedarás con Marina e Isabela?
- No, yo si tengo padres en la casa, así que debo ir con ellos. Además – se acercó para revelarle un secreto -, borré por accidente la partida de *Castlevania* que Isa tenía avanzada… Es mejor huir.

Un *Mazda* azul último modelo esperaba en la calle, y apoyado a él un hombre de unos treinta años fumaba un cigarrillo con expresión aburrida. Cuando Raúl lo vio claramente bajo el resplandor de las luminarias lo reconoció como el cabecilla de los tipos que atacaron a Marina meses atrás.

En un impulso violento antes contenido, corrió y se lanzó sobre él para pegarle con todas sus fuerzas. Luego de los primeros golpes y de sentir la sangre ajena sobre sus puños, todo se volvió blanco.

XIII

"¿Sabes lo que es estremecerse de miedo ante la idea de hacer algo extremadamente peligroso, pero sentirse empujado a avanzar? Así me siento cuando estoy contigo. El peligro eres tú."

Cuando Raúl recobró la conciencia ya había pasado la medianoche. Imágenes vagas y confusas venían a su mente sobre la escena protagonizada afuera de los condominios, de la que medio barrio se enteraría pocas horas después. A más de un molesto dolor en los hombros, el cuello, y la espalda, la terrible culpa de haberse involucrado en un escándalo le antojaba no volver a pisar la calle un largo tiempo.

Según Gustavo le contó tras la cena, Manuel había tenido que intervenir a favor del atacado –que resultaba ser su hermano mayor-, realizándole a Raúl una especie de maniobra estranguladora que le quitó el aire en su solo movimiento y acabó dejándolo inconsciente. ´

La explicación que pudo obtener después de ambos hombres y de los otros dos amigos de las Freire, era que el ataque sufrido por Marina en esa noche a la que él se refería, fue un acto programado y actuado por el grupo, orquestado por la misma pelinegra para su entretenimiento.

No tiene sentido – se dijo, tendiéndose en la cama con el mismo gesto desconcertado de cuando le contaron la historia.

El que Marina no fuese una espía del servicio secreto, o el producto de un experimento del ejército no la volvían menos difícil de comprender. Cada ocasión que encontraba trozos del rompecabezas, pensando que alguno encajara con otros ya obtenidos, se daba cuenta de lo enorme que debía ser el paisaje a rellenar, porque nunca una pieza lograba conectar con nada. Faltaban demasiadas aún. Y tras haber realizado un ridículo tan reprochable a sus estándares, además de ser regañado encarecidamente por su abuela, no iba a quedarse de brazos cruzados sin que le valiera la pena.

La madrugada posterior a la navidad se presentó fría y con cielo estrellado, distinto a las jornadas que la precedieron. Un aire de calma y mutismo se extendía incluso a lo largo de las avenidas principales de la urbe, a causa de la jornada laboral que en pocas horas iba a levantarse tras el período de un desafortunado feriado en fin de semana.

En el departamento, sobre la alfombra recién lavada de la sala, Isabela daba vueltas entre sus sueños. La posible pesadez producida por grandes cantidades de helado y torta de chocolate no la dejaban reposar tranquila, entremezclándose con recuerdos borrosos, olor de sangre derramada, y palabras técnicas de profesionales que en su infancia nunca habría deseado imitar. Sus cabellos rubios caían libres sobre el suelo, enredándose por el movimiento perpetuo de su mal dormir, mientras sus manos temblaban ostensiblemente en una parálisis de culpa e impotencia.

- *¿Vas a buscar postres, Isa? – preguntaron sus hermanas, a coro, tal como de costumbre -. ¡Tráenos un poco!*
- *Deberían venir conmigo, será divertido – las tentó, pero ellas se miraron con cierta complicidad antes de negarse -. Entonces quédense aquí viendo tele... Y nada de hacer travesuras, ¿oyeron?*

Se pensaba una buena hermana mayor en aquel instante, pero el tiempo le echaría en cara que no fue así. Los inocentes rostros de Marina y Cristal la observaban desde dentro de sus memorias, cambiando sus sonrisas dulces por expresiones de desprecio y resentimiento. Cada imagen almacenada en su inconsciente era liberada por las noches como un fantasma vagando por el cementerio, sin rumbo y sin redención. Sonrisas perdidas. Ojos vueltos a realidades inexistentes. Futuros echados a perder. Algunos informes que llegaron a sus oídos lo opinaban: "la paciente presenta ideaciones suicidas", "manifiesta profundo odio hacia sí misma", "continúa mostrando conductas autodestructivas", "es necesario alejar de su alcance cualquier objeto con que pudiera hacerse daño", "ha vuelto a intentar intoxicarse con los medicamentos", "las crisis aparecen con mayor frecuencia", "se recomienda internación urgente para brindarle el tratamiento adecuado". Cristal jamás descansaría. No hasta conseguir lo que en variadas ocasiones había intentado ya. Cuando el pulso cesara, cuando la exhalación final se desprendiera del cuerpo que deseaba destruir... sólo entonces se permitiría descansar en paz.

E Isabela estaba obsesionada con evitarlo, aún a costa de gastar su vida entera en capacitarse para aquel fin. El sentimiento más poderoso de su mundo personal no eran ni el amor, ni la amistad, sino el remordimiento.

Lo conseguiré un día – se dijo entre sueños -. *Esta vez no iré a ninguna parte.*

Cerca de las 05:00 el silencio de la zona aledaña al mirador de la ciudad se vio interrumpido por el taconeo de los altos botines negros de Marina. Llevaba su usual ropa oscura ceñida al cuerpo, a más del cabello suelto que caía graciosamente por su espalda, ondeando ante la brisa gélida que soplaba a esas horas.

Se detuvo ante la barandilla hacia el río, aspirando profundamente el aroma agridulce de las aguas poco cristalinas. Se permitió llorar, sólo un instante, como solía hacer minutos precederos al amanecer, desatando la superstición de que una nueva luz se llevara las razones de su tristeza.

Entonces lo sintió. Una presencia. Se enjugó las pocas lágrimas que quedaban y giró a ambos lados buscando cualquier señal, notando así que a sus espaldas los oscuros ojos de quien amaba debían haberla estado observando por un largo rato.

- Raúl... – susurró apenas, no sabiendo si alegrarse o sentir preocupación al verlo ahí -. ¿Me seguiste?
- No, de hecho. He estado acá desde antes de la medianoche, así que técnicamente tú me has seguido a mí.

Un encuentro furtivo totalmente planeado, como dos amantes clandestinos. Marina lo imaginó, y sintió lástima por sus propios pensamientos imposibles. Los ojos de él la asolaban. Estaba allí por ella. Durante horas por ella. Esperándola. Un escalofrío le recorría la columna al adivinar el por qué.

- ¿Tuviste una feliz navidad?
- No hay navidad feliz, desde hace mucho.

Los primeros albores del amanecer fueron apareciendo lentamente en las alturas, captando la atención de ambos. Disímiles tonos rosáceos y dorados que se difuminaban entre sí, logrando un aspecto encantador que les marcó una tregua temporal. Todo espacio era susceptible de ser creado, incluso uno donde dos seres tan distintos podían sonreír sinceramente al mismo tiempo.

- Debo preguntarte algunas cosas – retomó Raúl el diálogo, pero sin apartar la vista del horizonte.
- ¿Debes?
- Quiero – corrigió, con total seguridad.

La mirada de ella pareció perder toda su luz por un instante, volviéndose totalmente negra.

- Supuse que te había bastado con lo que Manuel y los demás te contaron. Él me lo dijo, por supuesto. Nada se me escapa.

Me está quedando claro – pensó él.

Tomaron asiento en la misma banca donde semanas atrás lo había vencido el cansancio.

- Puedes hacer preguntas a cambio – le aseguró -. Responderé lo que sea.

Hablaba en serio, pero Marina no tenía ninguna duda por resolver. Sus rutas estaban trazadas sin importar el giro de las circunstancias. Sin embargo asintió para guardar las formas.

- ¿Lo que me dijeron es verdad?
- Palabra por palabra. Sobre la noche que me seguiste, y sobre la clase donde los conocí también. Mi familia solía pasar las vacaciones acá y yo aprovechaba para tomar cursos de todo lo que pudiera y hacer amigos. Ellos eran mis compañeros de karate.
- ¿Entonces la pelea fue fingida?
- No.

Taekwondo, judo, tai chi, kick boxing, ballet, gimnasia olímpica, piano, violín, guitarra, canto, pintura, dibujo, repostería, etiqueta social, teatro, liderazgo, primeros auxilios, ajedrez, bridge, tiro con arco, natación, basket, esgrima, inglés, francés, alemán, italiano. La lista que dio Marina era extensa e impresionante, tomando una amplia bocanada de aire cuando hubo acabado de enumerarlas. No era complicado suponer que, en efecto, la escena del callejón era auténtica dentro de su montaje actoral. Tal como lo comentó Manuel con un dejo de orgullo herido, los múltiples talentos de la pelinegra la dejaban muy por encima del nivel de los demás.

Pero seguían preocupándose por ella, era palpable y en Raúl al notar aquello había nacido una extraña necesidad de tomar parte de la función, como si un rol protagónico se le escapara a poco de las manos.

- Creo que has vuelto a darme pavor – le dijo, tras procesar medianamente lo escuchado -. Eres perfecta.

La mañana había despertado lo suficiente como para que se escuchara el primer canto de las aves. El frío también comenzaba a ceder, a causa de los nacientes rayos del sol.

Aquello no era un halago.

- Nadie es perfecto – lo desestimó ella -. Mucho menos yo.
- ¿Ah sí? Dime un defecto tuyo.
- Insoportable, rara, entrometida y loca – dijo ella haciendo un puchero, mientras miraba al joven de reojo -. Me has llamado de todas esas maneras.
- Si lo digo yo no cuenta.
- ¿Por qué no?
- Debes decir cosas nuevas.
- Ok – aceptó, poniéndose a pensar opciones distintas -. Pues soy bajita. Muy bajita – pareció quejarse.
- Eso no es defecto.
- ¡Claro que lo es! – se puso en pie, exaltada -. Cuando jugaba basket me llamaban "la pulga Freire", y no se sentía bonito. Manuel me dice *loli* para burlarse.
- Bien – sonrió Raúl, con un brillo especial en los ojos -. Di algo más.
- Hmm… mis pechos son pequeños – se los tocó por encima de la ropa, un poco sonrojada -. Es difícil encontrar lencería de mi talla que no sea para niñas.

La vista de él se dirigió automáticamente hacia la citada zona corporal, aprobando en silencio tal sentencia.

- Sobre todas las cosas - aumentó ella poco después, con voz apenas audible -, no olvides que este mundo está lleno de apariencias. Además tú también tienes muchas virtudes, no hay motivo para quejarte de mí.

Él le tomó la mano de pronto, comenzando a jugar con sus delgados dedos de manera casi instintiva.

- Dime dos.

Su exigencia era un rotundo acto de autoritarismo, aunque con tintes bastante tiernos e infantiles. Un hombre podía ser así, duro y suave a la vez. El solo tacto cálido de su mano bastaba para tornar ansiosa la respiración de ella. Ansiosa pero contenida. Tan similares los dos en ese instante.

- No has tomado clases de artes marciales, pero le diste unos cuantos golpes a Luis, que es cinta negra en karate - sonrió -. Y también, no importa cuánto te esfuerces en convencerte de lo contrario, eres una buena persona – se acercó para usar su mano libre y acariciarle el cabello -. Cometes un montón de tonterías, te haces daño a propósito, ocultas lo que sientes, te condenas a ser infeliz, te reprimes, pero al final sigues siendo alguien con fe. Ese "algo" que aprendiste de tu mamá, como un tesoro, continúa brillando dentro de ti.

"El amor es algo que nace sin sentido, sólo porque sí. La fuerza que une y destruye al universo, que arma y desarma a voluntad. El impulso liberador que nos aprisiona, cuya calidez es comparable a mil estrellas cuando las observamos a años luz de distancia. Es el remedio y la enfermedad. El bien y el mal. Y también, el origen y fin últimos de cada corazón sobre la tierra."

Aquella caricia en su cabello lo retrotrajo a memorias que nunca habría querido recuperar. A días felices, a frases filosóficas que su madre daba a luz con la misma sutileza con que lo arropaba por las noches. Al significado mismo del amor.

¿Cómo sobrevivir en un mundo donde lo tuviste todo? – se preguntó -. *¿Cómo sobrevivir cuando lo pierdes?*

Pero Marina estaba ahí, superponiéndose de nuevo a la imagen etérea y adorada de su progenitora, desprendiendo el mismo aroma a violetas y azucenas. Tanta melancolía, tanto dolor. Si llegara a existir una recompensa a las infernales pesadillas y las tantas veladas de insomnio,

¿sería ella? La sensación era tan diferente a la calma que Paula le podía regalar, calma quieta como un sepulcro sin asuntos pendientes; en su lugar la sola presencia de esta inusual criatura podía provocar en su espíritu un caos de magníficas proporciones, y el hervir de su sangre bajo la piel.

- ¿Estará bien si te beso? – preguntó con pasmosa frialdad, halándola hacia él para ponerla de rodillas y acortar distancias.

No hacía falta una contestación, él haría lo que quisiera. Aunque estuviera bien, o aunque estuviera mal, los labios de ella se encontraron con un beso lleno de ansiedad, de una voraz necesidad de consumirlo todo. Como si de un poderoso veneno se tratase, cada sentido fue cediendo a los impulsos que burbujeaban en lo profundo de toda contención mental. Hacia lo hondo, tal como su lengua al explorar y fundirse repetidamente con la suya. Hasta que el aire se agote, y sus brazos la aprisionen con el deseo de jamás volverla a soltar.

- Ra-úl...
- Cállate – le susurró en una orden, borrando de nuevo los escasos centímetros que se habían franqueado entre ambos.

Los muros que quedaban pudieron derrumbarse esa mañana, pero en su lugar, cada defensa paranoide puso de su parte para aislar la posibilidad de un desliz. Ninguno habló cuando finalmente se separaron. Hubo miradas que en mutuo arreglo acordaron permanecer en silencio, como si aquello no acabara de pasar. Existían palabras que personas como él jamás habían aprendido a decir, y que gente como ella necesitaba callar para siempre. Una comunión de secretos, por esta sola vez, los unió en la comodidad de no perturbar la profundidad de sus aguas; sin embargo, sus manos no se soltaron por el resto de la mañana, hasta el punto máximo de la escalera donde un piso del condominio separaba al otro.

Y ella se alejó, dejando tras de sí ese rastro de perfume sobrenatural que lo había confundido tanto, ondeando sus largos cabellos negros como los hilos que sostendrían todo un nuevo universo a punto de tomar forma.

Aunque ese universo podía venirse abajo con más facilidad que el anterior.

XIV

Los días iban acercándose lentamente hacia su final. Pasadas las fiestas navideñas, el foco de atención de las personas se volcaba a las celebraciones de Año Nuevo. Como si la vida y la realidad fueran a reiniciarse al marcar las 00:00, aquellas largas últimas horas cargaban el karma de quienes creían que un minuto después de acabado el 2011 todo sería diferente.

Pero una transfiguración no sucede de repente, y para que un cambio se estabilice en sí mismo, hace falta un arduo proceso de aciertos y errores. Como un experimento. Un probar y soltar las riendas de algo que anhelas pero aborreces al unísono.

¿Odio y amor? – meditaba Marina, caminando distraídamente por la cancha, esperando el arribo de los niños que la habían convocado para darle una sorpresa.

Desde lo sucedido en el mirador sentía haberse vuelto ese ratón con el que un gato juega. Ese felino entre las sombras era sagaz y apasionado: acechándola, atrapándola, volviéndola a soltar, lamiéndola con calma pacientemente cruel hasta haber saboreado su completa esencia. Asegurándole que nada le pasaría justo antes de devorarla.

La naturaleza de un escorpiano no se equivocaba, y Raúl iba revelando un intenso proceder que se le volvía tan asfixiante como irresistible.

Siempre sin palabras, sus ojos la atraían con esa letal combinación de lava ardiente y témpano de hielo, calentándose y enfriándose con la misma pasmosa facilidad mientras la arrastraba de ida o vuelta hacia las esquinas, tras los árboles, y entre los arbustos. Cada nuevo beso semejaba un test, un reto de qué tan lejos era capaz de llegar tan sólo con eso; una batalla contra el oxígeno y la mesura moral.

Marina se agachó para amarrarse las agujetas, haciendo dos lazos pequeños y un nudo para asegurarse que no se soltaran en un largo rato. Cuando llevaba calzado deportivo se sentía aún más pequeña, aunque los *shorts* y la camiseta blanca de algodón le enmarcaban la figura lo suficiente para no confundirla con una niña.

Pareció emocionarse hasta lo indecible cuando vio aparecer a sus amiguitos cargando con un monigote muy similar a ella en vestimenta de Halloween, indicando que la habían fabricado con sus propias manos. Por apenas unos pocos centímetros llegaba hasta su misma altura, y estaba tan bien detallado que desde la distancia podía confundirse con su gemela. Imaginarlo le hizo acordarse de Cristal, lo que aminoró el furor.

- ¡Pobre de mí! – exclamó con genuino gesto teatral -. ¡Me quedan como treinta y dos horas de vida! Debería aprovechar el tiempo al máximo, como por ejemplo, ¡comiendo niños!

Empezó a corretearlos a todos mientras su imagen a base de papel y yeso quedaba estática en el centro de la cancha, como una efigie en su honor. Desde el cuarto piso, unos ojos oscuros y bien conocidos por ella habían estado observando cada uno de sus movimientos, pero solamente se inquietaron con la llegada de Manuel, quien –como de costumbre- saludó a su amiga con un efusivo abrazo, levantándola del piso cual si fuera tan liviana como el aire.

- ¿Te irás a la playa a pasar fin de año?
- Así parece. Si no te aseguro que las vendría a molestar a Isa y a ti.
- Y a Paula – aumentó la pelinegra, con un tonito risueño -. No lo niegues. ¿Vienes a verla ahora?

- Sí, vamos a estudiar juntos para los exámenes finales
  – se sonrojó levemente -. Le pedí que me ayude un
  poco y aceptó.
- Sería genial si te concentras más en lo que te enseñe
  y menos en ella.
- Trataré – sonrió él, antes de halar a su amiga hasta la
  salida para encomendarle que cuidase a su mascota.

La tarde aquella transcurría igual a sus predecesoras,
en un equilibrio agradable entre frescura y calidez. Las
lluvias propias de la estación eran apenas garúas breves que
permanecían lo justo para formar después un hermoso arco
iris sobre la faz del cielo, acompañando a las escasas nubes
blancas que se desplazaban con lentitud al paso de la brisa.

Una vez los niños habían dejado encargada a la Marina
de papel en el departamento del guardia, empezaron a
jugar un partido de futbol. Lucían muy alegres, sobre todo
cuando su heroína volvió para tomar el puesto de árbitro
del encuentro. Les mostró algunas tarjetas amarillas y rojas
echas de cartulina que llevaba guardadas en un bolsillo
del *short*, revelando su intención de ser estricta. Alrededor
de la cancha daba vueltas un perro que Raúl tardó en
reconocer. Era el *pitbull* de aquel día, cuando Marina se
le echó encima pidiendo ayuda. Estaba claro para él desde
hace mucho que aquella escena había sido actuada, tal
como varias otras que se le iban aclarando poco a poco.

Se empezó a cuestionar hasta qué punto la información
y recuerdos que tenía de la pelinegra eran falsos, fingidos
como su primer tropiezo y la pelea del callejón. ¿Y si todo
lo que conocía de ella era una mentira también? De esa
forma el juego en que Marina se sentía la presa en realidad
era una función de títeres donde –desde la subida del telón-
quien manejaba a su antojo los hilos era su propia mano.

- *Aún crees que tengo un poder sobrenatural, ¿no? –
  le comentó ella hace pocos días -. De hecho, si fuese
  así movería cielo y tierra para que no te enteraras.
  Te haría creer que no es así.*

- *No soy tan tonto.*
- *Si quisiera que lloviera, llovería. ¿Quieres que lluevа?* – *levantó su mano derecha, y pocos segundos luego una primera gota cayó sobre la palma abierta hacia el cielo* -. *¿Lo ves?*
- *Eso no...*
- *¿No cuenta?* – *sonrió* -. *Escucha, siempre va a ser mejor un poco de ignorancia para conservar el encanto de las cosas. Por eso jamás resolverás el misterio, porque desde el inicio, nunca te lo habría permitido.*
- *Tú...*
- *Yo... soy solamente un fantasma que alguna mañana futura podrá descansar en paz.*

Por conversaciones como esa era preferible besarla hasta robarle el aliento. Teniéndola aprisionada contra una pared, con sus manos sujetadas por las de él, casi estaba convencido de que podía dominarla, de que podía entenderla. Sus torbellinos mentales se calmaban, tanto como exacerbaban, con saberse en posesión de una voluntad ajena. En especial de una tan arrebatadora como la de Marina.

Y esas horas finales del año traían consigo un montón de cábalas que la gente adoraba seguir, depositando parte de sus esperanzas en que se volvieran realidad. Las doce uvas, el billete en el zapato, el recorrido con las maletas, la carta dentro del monigote, la lencería en color amarillo, y... el beso a medianoche. Ese beso que la profecía aseguraba era capaz de unir el destino de dos personas para siempre, o al menos por todo el año venidero. Sin embargo, hacer algo como eso representaba un esfuerzo cabal y un acto demasiado comprometedor para una persona que aseguraba no tener sentimientos, no poder querer a nadie, y simplemente no creer en el amor.

El resto de la tarde y noche el ambiente continuó templado, sin lluvia y con una temperatura por debajo de lo esperado en invierno. El firmamento sin luna o estrellas era vacío y melancólico, colmado de oscuridad. Era como si algo se fraguara en las sombras, como si alguna tristeza habitara todavía en el aire, buscando descender en cualquier corazón desprevenido.

"Pronto, la arena del reloj habrá terminado de vaciarse hacia el lado opuesto, y me sepultará con ella. Entonces la luz del sol, el brillo de los astros, y el apacible soplar de la brisa no volverán a alcanzarme. Ni tú, ni nadie. Porque si aquello que nunca termina llega de repente a su fin, nuestro universo completo se vendrá abajo con él."

Marina se contempló ante el espejo de su habitación. El vestido *strapless* rojo era corto en la parte delantera, mostrando sus bonitas piernas, pero llevaba a la vez una cola de randa algo más larga en la parte de atrás, que le otorgaba un aire elegante. El cabello recogido hacia arriba en una rosca y los mechones ondulados a los lados del rostro completaban un hermoso cuadro refinado, unidos al maquillaje apenas notorio y a los altos tacones de aguja, del mismo tono del vestido.

Acabó de colocarse los pendientes de plata y salió sin volverse a admirar. Afuera Isabela estaba recostada en el sofá comiendo helado, sosteniendo la tarrina sobre su pecho justo encima del profundo escote de su vestido dorado y negro, poco más largo que el de su hermana menor.

La pelinegra suspiró, no atreviéndose a criticar la actitud de la rubia. Ninguna de las dos tenía ganas de pasar por el protocolo de recibir el Año Nuevo en la calle, felicitando a los vecinos y compartiendo con ellos hasta altas horas de la madrugada. No era una buena noche, pero sin opciones a la vista era imprescindible poner la mejor cara posible y bajar.

- Falta como una hora – dijo Isabela, levantándose para ponerse los zapatos y dejar el helado de vuelta al congelador -. Supongo que es momento de ir con los demás.

- Sí – correspondió Marina, en tono bajo.

En el terreno de la cancha se había levantado una verdadera celebración comunitaria, donde los niños de ambos condominios eran los más emocionados, rellenando todo lo que podían a sus monigotes con cantidad desmesurada de explosivos de toda clase, que aunque las autoridades tenían prohibido su comercio continuaban expendiéndose como dulces en una confitería.

A lo lejos se escuchaban ya algunas quemas adelantadas, y el respectivo retumbar de las camaretas y algunas otras pirotecnias, como entremés de lo que acontecería al marcar el reloj las 00:00.

- Queridas – escucharon ambas la voz de Karina, que las hizo voltear de inmediato -. Se ven preciosas, como un par de princesas.

La mujer las abrazó a ambas, aunque a la pelinegra con algo más de efusividad, lo que ésta correspondió con creces. De alguna forma le recordaba a su abuela, pues llegaba a transmitirle un cariño similar.

- ¿Quieren cake más tarde? Hice uno enorme.
- Cuenta conmigo - afirmó Isabela con total seguridad -. Amo tus dulces.
- Oh, podría enseñarte a hornear algunos. ¿Qué opinas?
- Eso tengo que verlo – se burló Marina por lo bajo.
- Eh... La verdad soy torpe para esas cosas. Me tiemblan las manos – se excusó la rubia, al tiempo que le dirigía a su hermanita una mirada despectiva.
- Eso no tiene sentido. Debes tener un buen pulso para operar, así que esto es lo mismo. No le temas a la repostería, te vas a divertir – insistió Karina, invitando a la menor de las Freire a unirse también.
- ¡Claro!

Marina sonrió abiertamente, imaginando ver a su hermana luchando con los ingredientes de una torta. Enseguida uno de los niños vecinos se le acercó a darle un mensaje secreto de Raúl, que la esperaba fuera, en la calle, justo en la esquina más cercana al parque.

- Gracias – le dijo, tomando además el chispeador que le ofreció de buen modo.

Se disculpó con Isabela y Karina, dejándolas debatiendo de postres mientras se alejaba a paso un poco lento, dibujando figuras y escribiendo palabras en la nada con la luz en su mano. En cuanto divisó la figura del joven a lo lejos sus ojos brillaron irremediablemente, casi tanto como los de él al notar su presencia. Con la última vida de su chispeador escribió un "hola" que resplandeció por brevísimos segundos antes de desvanecerse en el aire. Él, notando que ella se había quedado inmóvil en plena acera, se acercó de prisa y la tomó de la muñeca para llevarla a un lugar más privado.

Existía un pequeño pasaje delimitado por árboles justo atrás del condominio norte, donde la escasa iluminación y el abandono habían vuelto un lugar propicio para hábitat de gatos callejeros. Uno corrió a esconderse en un agujero en el suelo en cuando sintió que humanos se acercaban.

- ¡Ay! – se quejó Marina, zafándose del agarre de su acompañante -. Caminas muy rápido, ten compasión de mis pies.

- Eso te pasa por usar zapatos tan exageradamente altos. Casi luces como una persona de estatura normal.

- Jo… ¿casi? – se resintió ella -, pienso que un poco más y te alcanzo. Con estos instrumentos de tortura llego casi al 1.70 de estatura.

- Yo mido 1.78.

Ella se sonrojó. En ese aspecto siempre perdería. A Raúl le hizo gracia su actitud, y levantó la mano para dar un par de palmaditas sobre la cabeza de la chica, haciendo más notoria su superioridad. Un impulso eléctrico le recorrió la espalda solamente con tocarla así.

- Te ves bien – le confesó, lo más ásperamente que pudo.
- Tú no – mintió ella, todavía molesta por lo anterior.

Raúl llevaba un jean negro, una camisa a rayas blancas/ negras, y una chaqueta gris oscuro. Un poco lúgubre, pero que sentaba de maravilla con su comportamiento, la palidez de su piel y el tono de sus ojos.

- Tú... ¿Te irás a algún lado?
- ¿Dónde?
- ¡Eso te estoy preguntando! – exclamó él, esforzándose enseguida por calmarse -. Lo digo por cómo luces.

Ella se arrimó a la pared.

- No iré a ningún lado.
- ¿Y tu infame hermana no va a aparecer a reunirse con ustedes?
- ¿Cristal? No... ella no.
- Bien, entonces, ni se te ocurra alejarte de mí hasta después de medianoche, ¿entiendes? – la tomó de nuevo por la muñeca, un poco agresivamente -. Con lo popular que eres seguro habrá un montón de tipos detrás de ti.

¿Celos?

- ¿Estás celoso?
- No digas tonterías.
- Sí, es verdad – creyó, con desánimo -. Si tuvieras que sentir celos te lo recomiendo con Paula, no la he visto aún pero dicen que está divinamente linda, y tiene muchos admiradores.
- ¿Por qué mencionas a Paula?
- Porque ella te gusta. También a Manuel.
- Pensaba que ese tonto iba atrás tuyo.
- ¿Manuel? En realidad lo veo como un hermanito, es muy joven para mí – sonrió Marina -. Aunque fue súper tierno cuando se me declaró hace años.

Raúl no dijo nada, pero frunció las cejas ligeramente al escuchar aquello.
- Pero es perfecto para Paula. Yo que tú la vigilaría un poco. Y...
- Camina – la haló -. Faltan dieciocho minutos. Y no te atrevas a alejarte, como te dije. O lo lamentarás.

Se arrepintió por haber dicho eso último, mientras ella seguía quejándose por los zapatos. ¿Se arrepentiría? ¿Qué podría hacer él en su contra? Aunque Marina se dejara conducir de un lado a otro y pareciera a ratos indefensa, conocía varios estilos de artes marciales y era bastante ágil en sus reflejos. Lo más probable es que si así lo quisiera podría dejarlo inconsciente con suma facilidad para librarse de él.
- Nos verán juntos, ¿no te importa?
- Calla – le ordenó, deslizando su mano de la muñeca de ella hasta aferrar su palma.

Mientras tanto, Isabela había tomado asiento en una de las bancas, esperando al instante preciso para salir a la calle. Karina se alejó de ella para ir a conversar con su grupo de amistades, y no le daban ganas de hacer lo propio e ir a simpatizar con los otros inquilinos. Saludó a Paula desde lejos cuando esta pasó junto a su mamá, para volver a internarse en un ánimo apagado e incómodo. En el aire ya se respiraba olor a pólvora, en tanto los primeros fuegos artificiales explotaban en el oscuro cielo dibujando efímeras flores coloreadas.

La mayoría de las personas en la cancha corrió al exterior para observar mejor el espectáculo, pero ella ni siquiera se inmutó. Su índice enroscando las puntas de su rubio cabello suelto dejaba entrever una mezcla de ansiedad con aburrimiento. Y ningún hombre se atrevería a acercársele, por su bien ganada mala fama de mujer que jamás regalaba una sonrisa.

Todo está bien de esta forma, no hay razón para desear algo más...

- Escuché que hornearías una torta con la abuela de Raúl – oyó, reconociendo enseguida esa molesta voz -. ¿Vas a darme un poco, para probar?
- Sólo si me permites ponerle laxante.

Gustavo se sonrió, tendiéndole la mano a ella para ayudarla a ponerse de pie.

- Ya casi es hora.
- Sí – dijo, ignorándolo y levantándose sola -. Los milagros existen, después de todo.
- ¿A qué te refieres?
- Llevas ropa nueva, y es la segunda vez que sales esta semana al aire libre. Eso es impresionante.

Él no reaccionó esta vez, sólo observándola en ese intento indefinible entre halago y crítica sarcástica. Aunque era cierto que se había vestido demasiado formal para su gusto, era un traje que su padre le había enviado y no tenía más oportunidades de estrenarlo que esa.

- Estoy feliz, de que te fijes lo suficiente en mí para saber lo que hago.
- Yo no...
- Y también, te ves preciosa esta noche – fijó sus ojos miel en los verdes de ella -. Ese escote es extraordinario.

Isabela echó a andar con rapidez, ocultando su sonrojo, mientras Gustavo la siguió con paso lento pero constante.

Afuera ya se estaban ultimando los preparativos para quemar los monigotes, ubicándolos en medio de la calle sobre planchas de zinc, como medida preventiva para ocasionar el menor perjuicio posible a la capa de asfalto.

Marina se despedía de su versión de papel y yeso mientras Raúl la mantenía tomada de la mano, en silencio. Incluso cuando Paula se acercó se mantuvo en la misma actitud, aunque con algo de incomodidad.

- Es cierto que está igualita. Me da un poco de pena que se queme.

- ¿Puedes filmarlo, por favor? – señaló la pelinegra la cámara que su amiga llevaba.
- No tiene la mejor calidad, pero lo haré.
- Gracias. ¿Te estás divirtiendo?
- Sí, claro – respondió la castaña, mirando a Raúl de reojo -. Nos vemos al rato, ¡hasta luego!

Viéndola alejarse presurosa se notaba más lo corto de su minifalda azul, que combinaba sobriamente con la blusa de tirantes blanca y las sandalias bajas. Era un aspecto juvenil, después de todo, dada la edad de la chica, que le sentaba ideal.

Marina volteó hacia su acompañante, tratando de visualizar su reacción ante la escena anterior, pero él mantenía la vista fija sólo en ella.

- ¿Qué?
- Hmm, nada… - bajó la cabeza -. Creo que debo ir al baño.
- ¿Ahora? Faltan nueve minutos – consultó su reloj.
- Tomé mucho vino – se lamentó, un tanto avergonzada.
- Rayos, eres el colmo – suspiró él, encaminándose hacia el baño común de la planta baja.
- Hey, espera, ¿también vas a entrar conmigo al baño? – le reclamó ella en cuanto pasaron del enrejado exterior -. Necesito un poco de privacidad.

Raúl se paró en seco, como gruñendo de mal humor. Apretó la mano de la pelinegra antes de soltarla, al tiempo que le dirigió una mirada de absoluta molestia.

- Más te vale no demorarte. Esperaré afuera.
- ¡Sí señor! – intentó burlarse ella con la venia militar, corriendo enseguida a los servicios.

Los últimos minutos del año. Los estertores finales del 2011 que se despedían entre una exhibición de fuegos artificiales y el alboroto semi bélico ocasionado por la pirotecnia.

Cada 31 de diciembre a las 23:59 el mundo se terminaba, para dar paso a uno nuevo pero idéntico al anterior.

Cuando los relojes de todos los presentes se sincronizaron a la hora justa, las llamas de los monigotes empezaron a elevarse hacia el cielo, con su humo esparciéndose por el infinito y el ruido ensordecedor de las explosiones. Decenas de felicitaciones, copas de champagne y besos aparecieron por doquier, entre ellos el que Gustavo le robó a Isabela cuando ésta estuvo desprevenida. Su bofetada de rechazo no se hizo esperar, pero era un precio bajo a pagar por el hombre a cambio del placer de haber realizado esa hazaña. Y por un segundo ella le correspondió.

¿¡Por qué demonios se ha tardado tanto!? – corrió Raúl hacia adentro, tras separarse de Paula que se le había acercado tímidamente a darle un abrazo de felicitación. Quizá fue muy antipático al marcharse, pero estaba disgustado porque su pequeño e infantil plan se había echado a perder.

Esa noche pudo haber sido especial. Incluso en frente de ese puñado de la sociedad que él despreciaba, y las miradas indiscretas de conocidos y extraños, nada le hubiera importado de haberlo conseguido. Pero en lugar de eso, la soledad de la cancha interior lo sorprendió con la escena de un desconocido besando a Marina.

Lo más chocante de observar debió ser que ella no oponía resistencia, como si se hallara bajo algún trance incomprensible. Entonces a Raúl el amanecer en el mirador se le vino a la memoria, pasando de un recuerdo confortable a uno simplemente desolador.

"Si pudiera pedir un deseo, sería tener la seguridad de que al estirar mi mano seré capaz de alcanzarte. Es ese temor a no lograrlo el que me obliga a permanecer estático, volteando hacia otra dirección. Pienso que si me alejo de aquello que deseo, mi avidez se disipará... pero sólo consigo que aumente más, que me sofoque, y que me impulse a hacer justamente lo que menos quiero: tratar de destruirte."

XV

Materializándose de la nada, aquel hombre sólo apareció y la tomó entre sus brazos como si tuviera derecho sobre ella. Aunque sin violencia, sin malicia, sin nada más que un deseo hasta entonces incomprensible de rescatar algo desde el abismo. Ni siquiera Marina había dado jamás un beso como ese, porque a pesar de creerse tan sincera con sus propios sentimientos, es imposible dar lo que no se tiene.

Y ese beso era de amor, de verdadero amor.

- *Cristal...* - susurró él, y entonces ella empezó a entender.

Se trataba del mismo hombre gentil y misterioso que le tendió su paraguas durante la lluvia. Por eso, tal vez, sus ojos reflejaban entonces tanta familiaridad, como si ansiara protegerla de todo el universo.

Cuando el beso acabó, él volvió a mirarla directo en la oscuridad de sus pupilas y pareció notar que no era a quien llamaba. Se disculpó tomando la mano de Marina, dándole un beso en el dorso, para alejarse luego sin decir palabra alguna.

Ella, tan pronto recobró su compostura, miró brevemente hacia afuera y echó a correr con dirección a su departamento. Una pequeña porción de su conciencia recordaba la promesa hecha a Raúl, pero la otra gran parte necesitaba ocultarse tan lejos como pudiera del contacto humano.

Abajo, la fiesta debió durar hasta avanzadas horas de la madrugada de ese nuevo año, lo que desde las alturas se percibía con el sonido de la música a lo lejos y el olor cada vez más sutil de las cenizas que flotaban mezcladas con la brisa. Una, dos, varias horas. Marina ni tan siquiera se molestó en vestirse más cómodamente para intentar conciliar el sueño, sabiendo de antemano que no lo conseguiría. Las noches en vela no eran algo nuevo para ella, que las consideraba una mala antesala de nuevos principios.

A sus adentros se cuestionaba el por qué iban sucediendo cosas que nunca previno, y la razón de que parecieran afectarla tanto, a pesar de que sus decisiones estaban tomadas ya. A pesar de que estaban tomadas mucho antes de que el juego empezara.

Tocaron la puerta de su habitación.

- ¿Quién?
- Soy yo... - se escuchó la voz de Isabela -. ¿Puedo pasar?
- Estoy desnuda.

La rubia hizo caso omiso a aquel comentario, alegando que a esas alturas no había nada que no hubiera visto ya, pero se encontró con la imagen de Marina tendida cuan larga era sobre la alfombra del piso, vestida en la misma manera que la noche anterior, incluso con el maquillaje intacto y apenas transformado por unas sombrías ojeras en sus párpados inferiores.

- ¿Qué te sucede?
- Nada – mintió -. Sólo una mala noche.
- Debe ser mucho más que eso. Desapareciste de la fiesta, incluso vi a Raúl correr a buscarte pero regresó sin decir una sola palabra. ¿Pasó algo entre ustedes y por eso estás así?

La pelinegra trató de incorporarse, pero cierta debilidad interna la obligó a caer en el piso otra vez. Mientras su hermana la revisaba para comprobar su fiebre alta y pulso bajo, ella repasaba las palabras que acababa de oír.

¿Raúl fue a buscarme?

Por un brevísimo instante eso le había causado alegría, pero la palpable idea de que él hubiese visto la escena protagonizada por ella y aquel hombre la hacían hundirse profundamente en su culpabilidad. Quizá nunca lo consideró debido al carácter volcánico de Raúl, suponiendo que de presenciar algo por el estilo reaccionaría de forma similar a la Noche Buena, cuando atacó a uno de sus amigos.

No existía excusa. Eso, en retorcido modo, la aliviaba. Él iba a odiarla. Aunque más de una ocasión manifestó que ya lo hacía, tanto con sus palabras como con sus actos, Marina le había dado una razón perfecta para retroceder desde cualquier viso de esperanza posible.

- ¿Qué se supone que diré ahora sobre ti? – le recriminó Isabela, visiblemente preocupada -. Seguro me preguntarán por lo de ayer y volver a decir que estás enferma puede ser sospechoso. Pero esta vez es cierto.

- Di que me uní al circo – susurró la menor, cerrando los ojos y aferrándose a las cobijas de su cama.

La realidad y la fantasía se confundían a ratos, volviéndose inseparables.

El cielo, al mirar hacia arriba, era de un terrible tono rojo. En el suelo, una grieta iba abriéndose presurosa como si un terremoto la provocara. Raúl se vio a sí mismo parado ante el precipicio que fue formándose poco a poco, echando la vista hacia abajo para contemplar nada más que una inexpugnable oscuridad. No había nadie allí a quien salvar, tampoco alguien que pudiese rescatarlo a él. Se vio solo, como siempre, y como nunca antes la sensación de vacío le hizo sentir que caía sin retorno hacia el fondo de aquel espacio sin final. Arriba, ahora el firmamento azul brillaba espléndido, indicándole lo agradable que el mundo continuaría su caminar si él simplemente se desvaneciera entre las penumbras.

De nuevo esa pesadilla, que lo hacía terminar en el piso tras haberse caído de la cama. Insomnio o mal dormir, eran las únicas opciones. Ahora que el período de prácticas y las clases en la universidad se terminaban, tener demasiado tiempo libre era un problema. Quizá la idea de tomar clases de deportes o aprender a tocar algún instrumento fuera una adecuada solución, dándole algo sano con qué obsesionarse.

El reloj anunciaba las 09:15 en aquel martes, y a través de la ventana el sol brillaba sofocante sobre la ciudad. Dentro, un suave olor a huevos y mantequilla flotaba en el ambiente, similar al que se percibía cuando Karina horneaba galletas.

Raúl salió de la habitación, llamando a su abuela entre bostezos, cuando llegando a la cocina se encontró con las miradas de Isabela y Paula, que lo recorrieron de inmediato al verlo en ropa interior. La rubia no se inmutó, continuando concentrada en batir su masa, pero la castaña soltó la cuchara que llevaba en la diestra y se tapó el rostro con ambas manos mientras soltaba un curioso grito.

- ¡Perdón! – se tapó él enseguida tomando un cojín del sofá -. ¿D-dónde está mi abuela?
- Fue a comprar más ingredientes. Debe estar por volver – respondió Isabela, en tanto el chico retrocedía lentamente para desaparecer de la vista de ambas -. Es bueno saber que sí tienes pudor.

Ella sonrió brevemente, burlándose, mientras él corrió a esconderse de vuelta en su cuarto, lleno de vergüenza.

Unas horas más tarde Karina tocó su puerta para indicarle que las chicas ya se habían marchado, y llamarlo a almorzar. De no hacerlo, lo más probable es que él no saliera en todo el día, sin importarle el hambre, la sed, o cualquier otra necesidad fisiológica que pudiera tener.

Cosas como esas le dejaban entrever que todavía era un niño, y eso la tranquilizaba.

Y a Raúl, le atormentaba sobretodo la presencia de Paula en aquella escena, ¿qué estaría pensando de él? Desde lo frío de su comportamiento durante la tarde que lo acompañó, su actitud en la noche de Año Nuevo, y lo de ahora, le debía una buena disculpa para reivindicarse. Justamente él que deseó jamás llamar la atención, y verla desde lejos como cada día durante los últimos trece años.

"No temo al hecho de que mi alma abandone mi cuerpo... tiene derecho a la libertad. No dudo que la mañana será más cálida que esta oscura noche en que podría dar mi último respiro. El cielo y el infierno suelen batallar por mí, pero la única muerte a la que tengo pavor implica que tú no logres recordarme cuando me haya ido. Si algún día, si por un segundo, sonríes o lloras por mi causa, mi vida continuará... no importa qué."

Marina deambulaba por el parque cercano a los condominios, tarareando una canción mientras esperaba. A la bandeja de entrada de su móvil había llegado un mensaje de cierto número que ella no recordaba conocer, pero que en varias oportunidades vio aparecer entre llamadas recientes, tanto hechas como devueltas. Las palabras del mensaje eran escuetas y claras: *"Te espero en el parque, justo al atardecer"*.

Cuando empezó a garuar corrió a esconderse bajo la copa de un frondoso árbol, puesto que el cielo amenazaba tormenta y ella apenas se recuperaba de su resfriado.

En la distancia, la figura de un hombre joven resaltó entre las de otras personas que paseaban por ahí, y Marina supo enseguida que debía tratarse de él.

- Te hice esperar... Lo lamento.

Sus ojos negros volvían a tener esa capacidad de dejarla sin palabras.

- No traje el paraguas esta vez.
- Está bien – dijo al fin, esquivándole la mirada y sacando el móvil del bolsillo de su pantalón -. ¿Es éste tu número?

Le sostuvo el teléfono justo ante el rostro, mostrando el remitente del mensaje. Él asintió.

- Bien – lo guardó ella -. Soy Marina. Temo que antes, y la otra noche, debes haberme confundido con mi hermana. Es natural ya que somos gemelas, pero mírame – se dio una vuelta, girando sobre uno de sus pies -, soy menos bonita y más tonta que ella.

Él le señaló una fuente de sodas cercana, para que pudiesen hablar con calma sin exponerse a la lluvia. Era un lugar pequeño pero agradable, con las paredes pintadas en color durazno y lleno de dibujos de papas fritas, hamburguesas y panes de yuca. Se sentaron en una de las mesas contra la ventana, y tras ordenar él sacó su móvil para enseñarle una foto.

Cristal... - pensó ella en cuanto la vio. Era su ropa y su estilo. Saludaba a la cámara de pie junto al cartel de una atracción del parque de diversiones.

- Eso es... en la capital, ¿verdad?
- Sí. Fue hace un par de años.
- Vaya – comenzó a jugar ella con el menú, conservando la vista baja -. No tenía idea de que la conocías hace tanto.
- Desde el 2009.
- ¿Puedo... preguntar cómo fue?
- La llevaron a la clínica porque había intentado hacerse daño. Yo trabajo allí y estaba de turno esa noche. Fue una penosa coincidencia.
- Ah... Entonces eres médico.
- Psiquiatra.

La mirada de ambos se enfrentó un instante, luego ella desvió la suya.

- Me da tristeza hablar de cosas como esas, y al parecer tú quieres a Cristal, así que... lo siento también. Y pensar que la has venido siguiendo hasta acá –el gesto de Marina era cada vez más sombrío–, pero verás, no sé dónde está, ni cuándo puede volver.
- ¿No crees que es peligroso que ande sin rumbo por ahí?
- Quiere algo de libertad.
- Hay cosas que queremos, pero no nos convienen.

La camarera los interrumpió al aparecer con el pedido, a lo que respondieron dándole las gracias. Luego, él estiró la mano y trató de tocar la de ella, que la retiró enseguida.

- No olvides que soy Marina, no Cristal – dijo, tomando el vaso de yogurt para introducirle el sorbete, intentando parecer ocupada.
- Lo sé.
- Me alegra que...
- Lo sé todo.
- ¿Eh?
- Lo sé todo Marina. Siempre lo he sabido.

Esta vez sus ojos se fijaron con desesperación en los de él, indagando el significado concreto de aquellas medias palabras. Afuera un relámpago iluminó la naciente noche, pocos segundos antes de que el fragor del trueno rompiera el silencio incómodo entre los dos.

- Ya veo...

Las fichas del tablero apuntaban en la misma dirección, sin escapatoria. Sus abuelos, sus padres, Isabela, sus amigos, y ahora Agustín. La promesa se iba a cumplir, pase lo que pase. Como un gran río cuya corriente es imposible de resistir, la voluntad de cada persona la arrastraba hacia el único camino correcto.

Y Raúl, tras tener el valor de disculparse con Paula se sentía en leve paz consigo mismo, como si volviese a su aburrida normalidad. Las cosas que habían cambiado perennemente él aún no las notaba, y aunque a ratos la soledad y la rabia lo embargaban tal como antes, estaría bien.

Casi no reaccionó cuando vio aparecer a la pelinegra por la entrada hacia las canchas. El flequillo húmedo le tapaba los ojos y su semblante lucía apagado. Sin meditarlo o tener excusa se le presentó frente a frente, deteniéndose a medio metro de ella.

Marina apenas lo notó, casi chocando contra su pecho.

- Raúl...
- ¿De dónde vienes?
- Fui de paseo.
- ¿Con semejante tormenta? – la tomó de la mano, dirigiéndose al cobijo de la entrada de su edificio.

En el cielo oscuro la lluvia no había hecho más que aumentar, y las manifestaciones luminosas, sónicas y eléctricas se esparcían con breves intervalos sobre la ciudad.

Marina estornudó.

- Tonta.
- Si es tu forma de decir "salud", gracias.
- No es eso. Te mereces lo que te pasa – se sentó él en la escalera.
- No lo dudo – dijo ella imitando su gesto -. Por cierto, felicidades.
- ¿Ah? ¿De qué hablas?
- De Paula y de ti. ¿Ya decidiste dónde la llevarás en su cita?

El chico la miró de reojo, sonrojándose por el tema.

- Ella misma me lo ha contado. Te dije que me entero de todo.
- No sé cómo ha acabado así, creo que algo se malinterpretó y después ya no lo pude detener.
- ¿Cuál es el problema? Es una grandiosa oportunidad de confesarte. Dios debe estarte ayudando.
- ¿Qué tiene que ver Dios en esto?

- Pues, todos creen que cuando pasa algo bueno es porque Él ha intervenido.
- Claro, pero cuando ocurre una tragedia jamás es su culpa. Maldita hipocresía de los creyentes.
- ¿Acaso eres ateo?
- No lo sé – suspiró él, con cierta extrañeza -. Quizá solamente estoy peleado con la idea de que alguien controla mi vida.

Marina volvió a estornudar, ésta vez en tres ocasiones seguidas.

- Es mejor que te vayas a cambiar.
- Espera, no me respondiste lo de la cita.
- Eso no es importante.
- ¡Claro que lo es! Ahora tendré que llevar a Manuel a distraerse para que no se deprima por perder a su amor. Hiciste bien en adelantarte.
- ¿Saldrás con Manuel?
- Hmm, sí. Va a haber un evento de cómics y solemos ir juntos.
- Vaya… - el tono de voz llevaba tintes de molestia – pensé que preferías a los extraños que te besan de repente, en la noche.

Ella abrió sus ojos con cierta sorpresa. Entonces sí lo sabía. Tras repetirse cientos de veces que era preferible dejarlo así, no contuvo la necesidad de decirle a Raúl cómo sucedieron los hechos en realidad. Incluso si era en vano.

- ¿Dices que te confundió con Cristal?
- Sí. Posiblemente me vestí muy a su estilo. Ellos habían quedado de verse antes de medianoche.
- Es cierto que no la he vuelto a ver.

Su semblante reflejaba cierto alivio infantil, creyendo semejante cuento. Lograba ser así de ingenuo todavía.

Las mejores mentiras son mitad verdad – pensó la pelinegra, elevando sus ojos hacia un rayo que cayó a menos de un kilómetro de su posición.

- ¿Qué opinas de Cristal? – cuestionó de repente, sonriéndole.
- Te pusiste histérica cuando opiné algo hace tiempo.
- Oh, ¿dirás algo así de malo ahora?
- No tengo nada para decir – se excusó -, ya que no la conozco. Un par de encuentros breves no bastan.
- Pero la primera vez jugaste toda una tarde, muy cerca de ella.

Raúl no entendió aquello, y Marina lo tomó del brazo para que la siguiera hasta su departamento. Isabela no regresaría esa noche del hospital, así que todo estaba en tinieblas cuando entraron. Le pidió que esperara en el sofá mientras se cambiaba, y unos minutos luego, cuando volvió, le dejó una foto algo antigua encima de la mesita de centro. En ella aparecía un grupo de niños pequeños, de entre seis y nueve años, y casi en el centro de la imagen estaba un niño de cabellos profundamente negros, con dos niñas idénticas –una a cada lado suyo-. El reverso de la foto tenía fecha de junio de 1996.

- Esto es…
- Eras una ternurita cuando niño – opinó ella, desde la cocina, donde preparaba un té -. ¿Quieres manzanilla o jazmín?

Eran Marina y Cristal, las gemelas que conoció durante la niñez. Esas que nunca dijeron sus nombres para que, según ellas, aprendiera a diferenciarlas por su "alma". Debe ser complicado compartir tu apariencia con alguien, y que el mundo los confunda por volverse incapaz de ver más allá de lo externo. Son justamente las cosas que cambian a las que uno suele aferrarse con mayor vehemencia.

- Son ustedes – volvió a mirar a las niñas de la foto una y otra vez, ambas de cabello negro atado en colitas -. No puede ser… Esto fue hace tanto.
- Dieciséis años, más o menos – vino Marina a sentarse cerca, para revisar la foto también.

Se señaló a ella misma como la niña que le hacía caras feas a la cámara, a la derecha de Raúl. Cristal estaba a la izquierda, posando con gesto tímido y acercándose a su nuevo amigo con cierto sonrojo en las mejillas. Se hicieron dos fotos esa tarde, la primera tomada por la abuela de Marina –que es la que le mostraba-, y la otra por la mamá de Raúl. Se encontraron allí durante un viaje a la capital, una tarde que asistieron a un gran parque al aire libre para jugar en familia. Su hermano no aparecía en las fotos porque estaba agarrado del brazo de su progenitora y no hubo forma de convencerlo de que tomara parte en la escena.

- Los recuerdos son hermosos, ¿no crees?

Raúl no reaccionaba aún, fija su mirada en aquella imagen congelada del pasado.

- Esa fue nuestra tarde favorita.
- Por eso me tratabas como si me conocieras de antes – cayó él en cuenta -. ¿Por qué nunca me lo dijiste?
- ¿Te acuerdas? – lo golpeó ella en la cabeza ligeramente con su puño, sólo simulando la acción.
- Tú… Eras tan bruta para jugar – sonrió, como quejándose -. Acabé golpeado y teniendo que rescatar a tu hermana. ¿Eras la "niña B"?
- "Niña A", ya que nací primero.
- Pero… - Raúl se sumergió en un pequeño trozo de memoria en que la gemela "B" le había dado un tímido beso en la mejilla, poco antes de separarse para ir a casa.
- Fuiste el primer amor de Cristal – adivinó Marina, con una mezcla de cariño y dolor -. Era tan dulce oírla hablar de ti.
- ¿En serio? ¿Y qué hay de ti?
- ¿De mí? ¿De mí qué?
- ¿Acaso se pelearon por mí? – la desafió, en tono mordaz -. Dos hermanas peleándose a duelo por un príncipe, ¡qué elegante!

Él se echó a reír, en un intento fallido de parecer gracioso.

- ¿Cuál príncipe? ¿Tú? – se levantó ella a servir el té, sin aclarar más dudas -. No seas tan vanidoso.

XVI

Los ojos de Isabela se debatían entre el sueño y la vigilia, vencidos por el cansancio y la pesadez de la avanzada noche sobre sus hombros. De nuevo helado, de nuevo libros, de nuevo una lámpara de luz mortecina alumbrando su elegida e incorruptible soledad. Debía ser cerca de las 02:00 del Día de Reyes, aún con las luces de la temporada navideña brillando temblorosas en algunas viviendas. El rezago final de las fiestas que llegaba y se iba tan levemente que apenas tocaba las puertas de cada casa.

Aunque en el departamento de las Freire el timbre sonó de repente, en medio del silencio.

Ella se levantó despacio, un poco obnubilada por el azúcar y el cansancio, para acercarse a la puerta y esperar de pie, inmóvil, sin atreverse a abrir. Resultaba un tanto extraño que a tales horas alguien hiciera una visita, así que su respuesta inicial fue temor a lo que aguardara del otro lado.

Luego de unos minutos el timbre sonó otra vez, en una clave rítmica que la rubia creyó reconocer de inmediato.

¿Acaso es...?

Le bastó entreabrir la puerta unos centímetros para encontrarse con un ramo de fragantes rosas. Grandes, bellas, de un color puro e impecablemente blanco. Eran sus favoritas.

- Veintiséis – escuchó un susurro -. Una por cada maravilloso año de tu vida.

Casi pudo sentirse en el aire el suspiro de alivio de Isabela al comprobar la voz conocida, aunque algo en ella se estremeció al pensar en lo que significaba una escena como la presente. Abrió la puerta en su totalidad, y allí, justo tras el umbral de su departamento, estaba el hombre al que consideraba el ser más peligroso del mundo. Flores en una mano, una caja de chocolates en la otra, y la mirada más seria que jamás le conoció.

- Sabes, estas no son horas decentes de hacer visitas – volteó la rubia su mirada hacia el reloj de la pared, tomándolo como un chivo expiatorio.
- Deseaba ser el primero. ¿Lo conseguí?

Sería acaso un juego de indirectas, pero Isabela asintió, desafiándolo en un arranque de valor. Sus ojos miel lucían brillantes en medio de la semioscuridad del pasillo.

- Imagino que tienes planes para este día especial.
- Nada en realidad. No me interesa.
- No digas eso. No celebrar el aniversario de tu nacimiento es como si no valoraras haber recibido el don de la vida.
- No soy ni la primera ni la última persona a la que da exactamente igual.
- Por suerte siempre hay alguien que está ahí para recordarlo.
- Por desgracia – replicó ella.

Él sonrió, tomando un golpe de valor para lo que seguiría.

- ¿Te agradan tus obsequios?
- ¿De dónde los has sacado? ¿Internet?
- Florería – alzó las flores -, y un pedido especial de Suiza – agitó en el vacío la caja de chocolates.

Ella suspiró de resignación, aunque atraída por los bombones extranjeros.

- ¿Debería sentirme impresionada? – se cruzó de brazos, por encima de su camisón blanco de seda.

- No espero eso – admitió Gustavo, bajando apenas de cabeza -, estos son sólo complementos de mi verdadero regalo. Es algo que debí darte hace tiempo, pero supongo que me he comportado como un cobarde escudado bajo mi supuesta neutralidad.

Estaba nervioso pero no lo demostró. Sin decir otra palabra se arrodilló ante ella, que enseguida retrocedió un par de pasos por la sorpresa de contemplar algo así.

- Te amo – le confesó, sin vacilaciones, mirándola directo a sus desconcertados ojos color esmeralda.

Isabela empezó a temblar sin remedio. Él, justo aquel misterioso y solitario *playboy* se estaba rindiendo frente a ella, una infeliz rata de biblioteca demasiado amargada para considerarse bonita y demasiado culpable para imaginarse dichosa. Y de los múltiples escenarios donde algo así podría ocurrir, el elegido era el umbral de su departamento, en medio del silencio y la oscuridad de una fría madrugada; sin salida, sin defensa, sin excusas.

- Estoy cansado de ser un espectador – prosiguió -. Estoy harto de fingir como tú que nunca pasó nada entre nosotros. Sé que no fue la forma correcta, sé que sabes que yo no te quería entonces, pero ahora es distinto. Te amo – volvió a decir -, y no importa lo que decidas hacer con estos sentimientos, porque de todas formas te pertenecen.

Los labios de Isabela se entreabrieron, mas sin poder articular palabra. Su expresión aterrada era sumamente dulce, como la de una niña acorralada por un demonio que estaba a punto de llevársela al infierno.

Gustavo volvió a incorporarse, acercándose a ella para darle los regalos –que tomó por inercia-. Tuvo tantas ganas de estrecharla entre sus brazos, de eliminar esa distancia tan grande que parecía tan pequeña, pero en ese momento hubiera sido un error… y estaba consciente de eso.

- Te van a gustar los chocolates. Son los famosos *Gold Ballotin*, sólo para paladares selectos como el tuyo.

Aquel fue el último intento de hacerla volver en sí, aunque fuera para que se fijara en la elegante caja dorada y su lazo de satín. Por supuesto ella quedó fascinada por semejante regalo, que le daba justo en sus preferencias, sin embargo ese instante se sentía muy turbada como para emitir comentarios. Sólo se despidió mecánicamente, correspondiendo con monosílabos a las palabras de él. Su mirada miel antes de desaparecer por el oscuro exterior era inciertamente triste, como si esperara por algo y le doliera que el tiempo hasta encontrarlo se alargara de nuevo.

"Desde aquella noche, siempre estoy esperando por ti" – escribía la pequeña tarjeta en el ramo de rosas.

Con la mañana apareciendo por el horizonte se borró la frialdad de la noche transcurrida, mostrándose sobre el cielo un cálido sol que predestinaba el inicio de un día agradable. Marina se encargó de preparar un desayuno especial para su hermana, además de entregarle el regalo que tenía listo con anterioridad. Era un bonito bolso de cuero color negro, suficientemente grande para que Isabela guardara sus objetos personales y algún libro, camino al hospital. Las rosas que Gustavo le había entregado a la cumpleañera estaban sobre el mesón de la cocina, en un bonito jarrón de cristal, y cuando Marina preguntó su procedencia Isabela dudó antes de contarle lo ocurrido en las horas previas, omitiendo desde luego lo referente a la declaración.

- Dime que no irás.
- Claro que iré.
- ¡Pero es tu cumpleaños!
- Pero es mi deber. Es mi trabajo después de todo.
- Pero…
- Mírale el lado bueno – trató de apaciguar las quejas de su hermana -. Podré estrenar hoy mismo el bolso.

Por la ventana el día hermosamente soleado no era para Isabela más que una jornada ordinaria. El clima, la estación, la hora, las circunstancias no tenían para sus intereses algún punto de trascendencia. Mantener la mente ocupada resultaba perfecto para escapar a una invasión de pensamientos innecesarios. Tal como Raúl se refugiaba en sus clases y prácticas universitarias ella lo hacía en su trabajo en el hospital y la tesis de grado. Ambos a su manera descubrieron inconscientemente que no es necesario correr lejos de tus predicamentos, sino que basta con ignorarlos como a un fantasma cuya presencia te niegas a reconocer.

"Un acto de valor implica la renuncia a una seguridad en la cual nos sentimos cobijados. Desafiar a lo improbable, aspirar a lo imposible, y avanzar tras una meta que está tan lejos de nosotros como el sol lo está del punto más frío en el planeta más recóndito. Allá, tras los "pero" y el "no puedo" se encuentra el deseo que nunca lograremos realizar. Allá me aguarda tu voz, esa que ansiaría pronunciara el nombre que no tengo."

Domingo en la tarde. Entre un mar de personas de aspecto inusual y música en un idioma para ellos inentendible la pareja avanzaba dejándose arrastrar por la multitud. Ella agarrada fuertemente de la camisa de su acompañante, y él explotando en una ansiedad difícil de comprender. Las horas finales del evento atraían a un sinnúmero de admiradores de la cultura japonesa, los videojuegos, los cómics, y el anime/manga.

A lo largo de la explanada aparecían *stands* con mercancía acorde a la temática, además de improvisadas salas de proyección y una amplia tarima para el posterior concurso y concierto que cerrarían con broche de oro.

Paula suspiraba llena de agobio a sus adentros, un poco asfixiada por tanta cercanía de desconocidos y sin lograr adentrarse ni por un instante en la magia que los demás presentes demostraban sentir en el aire. Sus cabellos se revolvían al caminar veloz de un lado a otro, con la brisa en dirección contraria.

- Raúl – susurró de pronto -, ¿a ti te gustan estas cosas?
- Algo. Mi padre era un coleccionista de cómics – le explicó él -, especialmente de *Marvel*, así que me quedaron de herencia y los he leído.
- ¿Entonces conoces a alguien de los que van disfrazados? – señaló ella en todas direcciones hacia los *cosplayers* de la zona -. Siento como si estuviera en la fiesta de Halloween otra vez.
- No reconozco nada, deben ser de anime.
- Si te soy sincera, yo no sería capaz de salir así a la calle.
- Tampoco es mi estilo – confesó el chico.
- Ah, ¿entonces por qué vinimos aquí?

La castaña no lo demostraba, pero debía estar exhausta de caminar tanto portando ese corto vestido de algodón floreado y zapatos de tacón. Raúl había perdido por completo el sentido de lo que la salida debía representarles; incluso si tener una cita con su antigua conocida no le interesaba como en épocas pasadas, perder de vista los modales para con ella no era parte de su común naturaleza de aparente caballerosidad.

Se sentaron un momento cerca de las escalinatas de la entrada, comiendo helado y platicando de las cosas extrañas que pasaban frente a sus ojos, cuando a lo lejos él pudo distinguir la figura de alguien conocido. Aunque estuviese de espaldas a varios metros, usando un peinado de colitas altas y orejas de gato, sin duda era Marina. Llevaba un *short* de jean azul y medias negras sobre la rodilla, además de un blusón holgado en tela rosa de peluche.

- Se está nublando un poco – comentó Paula, con alivio -. Ya no hará tanto calor.

Raúl no le prestó mayor atención, concentrado como estaba en espiar a la pelinegra en uno de sus posibles hábitats naturales. Se veía radiante de alegría, departiendo en alguna plática fascinante con un grupo de jóvenes en uno de los *stands*. Al rato apareció Manuel y la tomó de la mano, como para llevarla a otro lado y mostrarle algo de interés. De nuevo presenciar esa familiaridad le hacía hervir la sangre, pero era justo por una razón tan absurda como aquella que tomó la tonta decisión de jugar al acosador.

- Vamos – le dijo a la chica, tomándola del brazo para casi arrastrarla hacia donde estaba la otra pareja.

El primero en verlos fue Manuel, que se restregó los ojos como si creyera haber tenido una alucinación. Le dio un golpecito a su amiga con el codo para alertarla, y ésta se volteó para enterarse de lo que ocurría. Su gesto no denotó sorpresa alguna, como si sus instintos ya la hubieran tenido al tanto.

- Vaya, pero miren esto, ¡qué novedad verlos por acá! – los saludó, a Paula con un abrazo y a Raúl con la vista -. No imaginaba que tenían estos gustos.

- Todo lo contrario – acotó Manuel, dirigiendo una mirada bien disimulada a la castaña -. Dudo que los tengan.

Paula iba a opinar sobre aquello, pero Raúl no se lo permitió. Llevaba un semblante turbulento y hostil, como si fuera una bomba a punto de estallar.

- ¿Se están divirtiendo? – preguntó la pelinegra.

- Bastante – mintió Raúl.

- Se te nota – comentó Manuel, con todo sarcasmo en sus palabras, y cruzándose de brazos -. ¿Nos viniste siguiendo, verdad?

- ¿Por qué haría algo como eso? – lo desafió el aludido con la mirada.

- Me pregunto lo mismo – los ojos verdes del menor le correspondieron -. De repente siento un *ki* maligno en el aire.

- Típico comentario de un *friki*.
- Típica conducta de un desadaptado.
- ¡¿Qué dijiste?!
- ¡Lo que escuchaste!

Viendo la actitud de ambos, en un movimiento rápido Marina los golpeó con el bolso que llevaba. Tras criticar que se estuvieran portando como niños, le dirigió a Raúl una sonrisa cómplice al enumerarle algunas buenas opciones para continuar su cita con Paula, mientras éste la evaluaba incrédulo y cambiando su ira a resentimiento.

Es cierto que un impulso infantil lo había obligado a producir una escena como la presente, sin excusa para defender lo que era tan obvio para todos, pero sin embargo ella actuaba como si no tuviera idea de las razones de su proceder. Trataba de ser cruel quizá, pero sentir aquel punzante dolor en su interior solamente multiplicaba el ansia de cometer una nueva tontería.

- Yo estoy perfectamente – intervino Paula con nerviosismo al oír el parlamento de la pelinegra -. En serio, creo que esto es interesante, y es bueno tener nuevas experiencias.
- Tú odias las nuevas experiencias – la enfrentó Manuel, con algo de pena -. Y eres pésima mintiendo. Si algo no te gusta deberías decirlo y ya, sin tener que sentirte obligada a ser agradable con un idiota.
- Yo no…
- Y te pusiste los zapatos más incómodos que tienes – aumentó, haciendo que ella se apenara.

La conocía bastante bien, casi tanto como a Marina, y por eso mismo la presencia de Raúl se le hacía tan infausta entonces. En aquel trozo de tiempo/espacio ese sujeto descontrolado e infeliz era el centro del universo, y las chicas un par de galaxias convergiendo bajo su influjo.

El ambiente alrededor continuaba tan alborotado como antes, mas en medio del pequeño punto que los cuatro compartían el aire circulaba denso.

Raúl miró en todas direcciones, como midiendo la situación, tratando hasta el final de moderarse a sí mismo hasta que posteriormente echó a correr entre Marina y Manuel para tomarla a ella por la mano con la intención de escapar. Más veloz que nunca, sin mirar atrás, y empleando toda su fuerza para impedir que su presa pudiera liberarse, no estuvo satisfecho hasta saberse bastante lejos del evento, arribando a las cercanías del malecón donde solamente paseaba gente normal sin prestar atención a asuntos ajenos.

¿Qué debía hacer o decir ahora, tras un acto semejante? Seguro ella iba a mostrarle alguna expresión de desconcierto o molestia, que él tendría que combatir con argumentos contundentes.

- Tú... Escucha – se esforzó en empezar, soltándola de su agarre y volteando para verla a los ojos -. ¿¡Eh!?

Manuel se metió las manos en los bolsillos del pantalón. Lo miraba con desagrado, que iba evolucionando poco a poco a un inolvidable gesto de burla.

- ¿Así que te me vas a confesar, Raúl? – le soltó.
- ¿¡Qué demonios haces tú aquí!?
- Pues tú me arrastrarse, ¿o es que no diferencias la delicada mano de una chica de la mía?... Imbécil.
- ¡¿Y por qué rayos no dijiste nada o te soltaste?! – le reclamó -. ¡El imbécil es otro!
- Pensaba en lo divertido de tu cara cuando lo descubrieras, y vaya que ha valido la pena.

La mente de Raúl quedó en blanco por unos segundos, sopesando los hechos. La expresión del castaño era exasperante, y la imagen que debió hacerse la gente del camino viéndolos tomados de la mano seguro había sido tristemente épica. Sobre todo, dejar solas a Marina y Paula con asientos de primera fila para presenciar su error.

- Demonios... Hay que buscar a las chicas – musitó, tratando de dejar de lado lo ocurrido -. ¿Tienes el número de Marina?

- Se le quedó sin batería luego de tomar tantas fotos, así que lo lleva apagado.
- ¿Y Paula?
- Ella nunca ha tenido celular – se echó a reír Manuel, disfrutando enormemente del fracaso de su rival -. Después de nuestra "huida romántica" seguro deben haber ido a otra parte, Mar no es de quedarse parada en el mismo lugar por mucho tiempo.
- Vamos a buscarlas… – lucía el mayor ansioso, con sus manos sujetando su cabeza en un gesto de genuina desesperación - No deberían estar muy lejos.
- Como quieras – aceptó el otro, con la misma simpática sonrisa de burla en su cara -. Te ves estresado Raúl, ¿es porque fracasó tu plan de secuestro? En lugar de eso hemos protagonizado una escena *yaoi* para las *fujoshis* de la convención… seguro las hiciste muy felices.
- No me parece gracioso.
- Pero ha sido un gran acto de bondad de tu parte.
- Cállate - musitó Raúl con mal humor -. Todo esto… Tú no tienes idea.
- La tengo, en realidad – dijo Manuel, cambiando drásticamente el gesto.

Su mirada se ensombreció por unos instantes, conteniendo alguna emoción poderosa y mostrando que iba con la verdad en lo que estaba a punto de decir:

- Deberías tomar una decisión de una vez por todas.
- ¿Decisión sobre qué? – inquirió Raúl, contando mentalmente los metros que habían recorrido.
- Sobre ellas – confesó el menor, refiriéndose a las chicas -. Muy aparte de mí y lo que yo desee, no puedo permitir que alguna salga lastimada. Te mataré si así resulta.

A pesar de la amenaza poco creíble, aquellas palabras dejaban relucir la enorme preocupación hacia el bienestar de sus amigas. Raúl por su parte no demostró temor alguno, recobrando su frialdad natural tras sumergirse en el mismo tono emocional que su interlocutor. Lo comprendía, sin estar de acuerdo. Le hizo gracia incluso, al saberse dueño de una respuesta que no le era posible verbalizar aún.

- ¿También me ordenarás que me aleje de Marina?
- ¿"También"?
- Como hizo Cristal.

Manuel desvió la mirada cuando escuchó ese nombre, dirigiéndola unos segundos al piso.

- No creo que debieras basarte en lo que ella dice – comentó con algo de desdén -. Cristal es, después de todo... alguien que está de más.

Antes de que aquel extraño comentario generara alguna duda en Raúl, el menor echó a andar de vuelta al sitio de la convención, iniciando un lento pero constante peregrinaje cantando temas de anime en su idioma original.

XVII

La frialdad de la lluvia matinal adormecía cada espacio de la ciudad, sumergiéndola en poco más que aquel monótono y acompasado ritmo de las gotas al chocar contra el suelo, sobre los tejados, escurriendo entre los canalones y las hojas de los árboles.

Junto a la inusual sensación de paz de la que se llenaba el ambiente, uno que otro sueño se distendía con lentitud por el subconsciente de quienes continuaban bajo la protección de las cobijas. Algunos como el suave soplo de la brisa, otros como ráfagas con un oriente concreto, y unos incluso como furiosos tornados dando vueltas en la misma emoción, en la misma idea… y en la misma herida.

El movimiento veloz y errático de los párpados dejaba en evidencia la pesadilla que Marina estuviera experimentando. Sus manos se aferraban con fuerza de las sábanas, emitiendo algún ocasional monosílabo o gruñido. Por la ventana oculta tras las cortinas apenas se filtraba un rayo de la luz solar, manteniendo a la habitación en penumbras.

De nuevo ese día, como cada año. Llegaba a pesar de lo mucho que ella desearía detener el tiempo y las memorias que se liberaban con él. Las cosas que fueron sumamente especiales duelen hondo cuando cambian para siempre, porque nada más puede volver a llenar el espacio que reservamos para ellas.

Y quedamos vacíos.

Tras un brusco espasmo que la devolvió a la realidad, Marina fijó su mirada aún somnolienta hacia el tejado blanco sobre su cabeza. Un par de lágrimas se ahogaron en el interior de sus ojos, impidiendo con toda su fuerza que se desbordaran junto a los cientos de pensamientos de que eran representación.

Tarde o temprano nada importaría, eso es lo que deseaba creer, incluso si su certeza era también dolorosa.

Isabela, Paula, Karina. Luis, José, Carlos, Manuel. Raúl. Los nombres se le repetían sin cesar, sólo porque eran importantes. La vida había decidido ponerle a esas personas en su camino, y ella les dio la bienvenida sin dudarlo. Sentir era esencial, aunque al final no sirviera de nada. Aprender era divertido, aunque no habría oportunidad para poner en práctica el fruto de esa curiosidad. Sonreír era necesario, por si el universo alrededor no era otra cosa que un reflejo de nuestra subjetividad. Tal como Raúl lo asumía, sin darse cuenta.

Raúl...

Luego de ese particular acto suyo en medio del evento, Marina se había llevado a Paula a una cafetería cercana, para charlar y hacerle olvidar el mal rato. Sin embargo, la castaña le dejó muy en claro que el significado de lo que él había hecho no le pasaba por alto, y que daría un paso al costado para no interferir. ¿Cómo podía actuar tan madura, cuando seguía siendo una niña? ¿De dónde sacaba la fuerza para decir aquellas palabras, aunque estuviera sufriendo la muerte de su primer gran ilusión? Contrario a lo que el pelinegro pudiera tener en conocimiento, Paula supo desde el inicio acerca de su afición secreta de observarla, y de admirarla en silencio. Año tras año, sin hacer más. Y ella quizá fue cobarde para acercarse, o tal vez le era suficiente con saberse en tan alta estima, reservando lo demás para un futuro que inocentemente planeó iba a llegar "en el momento apropiado".

- *Viví creyendo estar enamorada* – dijo -, *pero si eso nunca bastó para hacerme luchar, gritar, o perder la noción de mis convencionalismos... entonces no era amor verdadero.*

Sabio discurso, justo antes de perder la vista en la cereza confitada que coronaba la gran copa de su helado.

Marina deseó rebatirla, pero sus sentimientos propios pudieron más que su solidaridad de amiga. Resultaba impresionante la entereza de Paula para no llorar en frente suyo, aunque tuviera tantas ganas de hacerlo. Porque si bien era verdad lo que había dicho, también era cierto que, a su manera, lo que por tantos años sintió en reserva fue real para ella. Y ahora acababa de terminar.

Los pasos de Isabela se escuchaban ir y venir por el pasillo. La novedad de que no tocara a la puerta para despertarla, a pesar de la tardía hora, le daba a la pelinegra una pista firme de lo que intentaba materializar. Sus buenas intenciones solamente conseguían hacerla sentir peor, y querer huir de alguna forma incluso suicida donde nadie pudiese encontrarla hasta que el reloj diera las 00:00 del día siguiente.

Tras cambiarse el pijama y las pantuflas, Marina abrió de par en par la ventana de su habitación, que daba hacia un pequeño jardín tras el condominio. Abajo, después de los cinco pisos que la separaban del suelo, la maleza y las florecillas silvestres crecían sin limitaciones. La llovizna continuaba cayendo, así que el estrecho filo exterior estaría mojado y resbaloso. El árbol alto más cercano llegaba hasta la altura del segundo piso solamente, así que tomarlo como vía de escape implicaría descender por entre las salientes de la pared antes de aterrizar en sus ramas superiores. Un escalofrío le recorrió la espalda cuando puso el pie derecho en el borde, deteniéndose unos segundos a mirar hacia dentro y comprender lo que iba a probar.

Justamente eso. Justamente enfrentarse a las alturas de nuevo. La brisa soplaba un tanto cálida y asfixiante, por el exceso de humedad en el aire. El sol apenas brillaba, estando la mañana tan nublada y triste. Con las manos firmes sobre la pared, deslizándose poco a poco, Marina fue avanzando con cuidado por el borde del piso, que no tendría más de quince centímetros de ancho. De espaldas al exterior, su nerviosismo de calcular la distancia era menos, pero pisar el borde con la parte delantera de los zapatos resultaba más incómodo que hacerlo con el talón, como si bailara permanentemente en las puntas de sus pies.

- *Mari, ¿no crees que esto es peligroso? No lo hagamos, por favor.*
- *No seas miedosa Cris, abajo están las piscinas. ¿A que no puedes aterrizar dando un clavado en el agua?*
- *La piscina está más lejos, abajo sólo está el piso.*
- *Bueno miedosa, lo haré yo sola* – descolgó Marina *la cuerda que había hecho al amarrar las puntas de las sábanas* -. *Mi-e-do-sa...*
- *¡Ya!* – *se quejó la otra niña, con lágrimas en sus ojos* -. *Iré contigo.*

Su cuerpo no respondió más, atascado en ese fragmento de recuerdo. No podía hacerlo, no podía moverse ni un milímetro, sólo sintiendo el palpitar acelerado de su corazón y el desvanecimiento que iba cayendo sobre sus sentidos.

Perdón – pensó, a punto de llorar -. *No tengo perdón, pero perdóname...*

- *¡¿Qué demonios estás haciendo?!* – exclamaron desde abajo.

Marina apenas abrió los ojos, con temor de voltear la vista hacia la nada.

- *Tú... ¡De verdad estás loca! ¡Regresa pronto o me las pagarás!*
- *¿Raúl?* – reconoció recién -. *No puedo... no puedo... yo...*

Aún desde el suelo, él notó las lágrimas en los ojos de Marina. Con el mismo tono autoritario le ordenó que se sostuviera fuerte y esperara, corriendo a toda velocidad hacia dentro del condominio, al subir las escaleras, tocar el timbre con desesperación, y llegar como un rayo a la habitación de la chica. Isabela corrió detrás al ver la actitud de él, y cuando se encontró con semejante escena pareció quedar en *shock*.

- Tienes que acercarte – indicó Raúl, sentándose en el estrecho borde de la ventana -. Tengo algo de vértigo, así que esto es difícil para mí.

La lluvia aumentaba su cauce lentamente, confundiéndose las gotas con el llanto de ella, que seguía paralizada en el mismo lugar, tiritando de frío.

- Lo siento... no puedo – le dijo ella, como asumiendo lo inevitable -. Ya no te preocupes por mí.
- ¡No digas tonterías! – suspiró él, tratando de calmarse -. O regresas o nos caemos los dos. ¿Quieres ser responsable de una muerte?

La expresión desolada en el rostro de ella le indicó que había dicho algo inapropiado. A sus espaldas Raúl notó que Isabela salió corriendo de la habitación, mientras fuera Marina empezó a temblar tan notoriamente que le costaba sostenerse, tambaleándose en uno y otro pie.

Maldición – se quejó a sus adentros, cuando tuvo que descolgarse también hacia en el borde del edificio, avanzando lo más que pudo mientras mantenía una de sus manos sujetas al margen de la ventana. Marina aún estaba un par de metros fuera de su alcance, sin importar cuanto se estirara.

- Escucha, tienes que avanzar un poco, luego podrás tomar mi mano y te halaré.
- ¡No puedo! ¡Déjame!
- ¡Cállate y has caso!
- Estoy asustada – confesó ella entonces, apretando los ojos para no seguir llorando.

- Lo sé... pero confía en mí. Tienes que acercarte y tomar mi mano, así todo estará bien. Te prometo que nada te pasará si haces eso, sólo unos cinco pasos, nada más. Marina... – dijo su nombre en el tono más dulce que pudo fabricar en ese momento, tratando de calmarla.
- L-lo intentaré... - emitió ella entre sollozos.

Respiró pausadamente, alternando su vista entre Raúl y el borde, temblando y moviéndose centímetro por centímetro. El viento soplaba fuerte a ratos, obligándola a quedarse quieta unos minutos, pero la voz del chico la devolvía al presente una y otra ocasión, para que siguiera avanzando.

- Sólo un poco más, lo estás haciendo bien – le sonrió, estirándose de nuevo para tocar las puntas de los dedos de ella, que temía levantar más el brazo -. Un par de pasos más y te alcanzaré.

De pronto se escuchó la sirena de los bomberos, a un par de calles de distancia. Seguro Isabela había llamado a emergencia y por eso salió del cuarto a toda prisa. Pero el ruido estaba poniendo a la pelinegra intranquila, en lugar de reconfortarle la venida de ayuda profesional.

- No te detengas – volvió a decirle Raúl, ignorando el escándalo que iba a montarse -. ¡Ven!

A cada segundo que transcurría, el peligro de estar allí afuera se acrecentaba. La fuerza era menos, la desesperación era más, y la lluvia alternaba entre menguar y acentuarse, volviéndolo todo imprevisible.

Cuando Marina se había acercado unos centímetros más, Raúl se estiró lo más que pudo para sostener su mano, que tomó con firmeza. De inmediato ella sintió la fuerza de él halándola despacio hacia la ventana, mientras el camión rojo se detenía casi frente a ellos.

- Nos vas a hacer famosos – le comentó en broma, cuando la tuvo suficientemente cerca para lograr que se agarrara también del marco de la ventana -. Quizá hasta aparezcamos en los periódicos.

Marina no dijo palabra alguna, mirando hacia abajo con gesto aún aterrado. Él supuso que estaba muy agotada como para escalar, aún si le daban impulso, así que subió primero y la haló desde dentro de la habitación, tomándola por la cintura y cayendo ambos sobre la mullida alfombra.

Hacía tiempo habían estado igual, ella sobre él, pero la situación actual era por completo distinta. Marina temblaba y el tacto de su piel estaba tan frío como un copo de nieve. Raúl se incorporó a medias, halando la cobija de la cama y envolviendo a la chica entre ésta y sus brazos. Ahí, viéndola tan frágil y afectada, las últimas luces de su resistencia se vencieron sin remedio.

Las madrugadas del invierno suelen ser las más frías, no porque climáticamente lo sean sino porque nadie las espera de ese modo, y todo aquello que aparece para sorprendernos nos deja una huella indeleble en el corazón. Como una estrella en la oscuridad, como una flor en el lodo, como una sonrisa en medio del llanto... Justo como tú."

Luego del incidente, que por suerte no pasó a mayores, Marina durmió hasta bien entrada la tarde. Isabela se encargó de echar a Raúl del cuarto de su hermana, para poder cambiarla de ropa y permitirle descansar correctamente. En la sala, el resto del tiempo hasta el atardecer continuó con los preparativos de la fiesta sorpresa, aunque su gesto de preocupación no desapareció más.

Su hermanita odiaba tanto cumplir años, no de la forma gris como la rubia llevaba su vida, sin interesarle los aspectos normales de un futuro, sino como un castigo aplicado permanentemente, que le impedía sonreír ante la celebración de seguir respirando. Y como cada año, algunos miembros de la familia se comunicaron por teléfono para dar sus felicitaciones, o –como en el caso de su abuelo- mantenerse al tanto de cómo se desenvolvían los hechos. E Isabela, encargada de llevar una bitácora detallada del tema, le mintió.

Aunque fuese un espejismo, esa noche haría lo imposible porque fuese agradable. Días antes le pidió ayuda a Karina para hornear el pastel perfecto, de chocolate y relleno de cerezas. Contactó a Paula y todos los chicos por medio de Manuel, e incluso antes de cerrarle a Raúl la puerta en la cara lo había informado también sobre el cumpleaños, para que viniera y trajera consigo a Gustavo.

Un esfuerzo tremendo para una ermitaña gruñona como Isabela, el abrir su departamento para recibir a tantas personas, pero la expresión de genuina alegría en la cara de Marina lo valió todo para ella. Una vez reunidos en la sala, dejó que hicieran lo que desearan, tanto con la música como con su colección de videojuegos, y la cantidad enorme de reservas de helado, comida chatarra y dulces. Fue duro pero necesario, casi tanto como esquivarle la mirada a Gustavo cada vez que chocaba con sus ojos, en silencio.

- ¿Te diviertes? – se acercó Raúl a la cumpleañera, cuando se acabó su turno de usar la PS3 -. Me alegra que no te hayas resfriado luego de lo ocurrido.
- Hmm sí, sobre eso – lo condujo ella hasta el balcón, buscando algo de privacidad -. Quería darte las gracias, fuiste todo un héroe conmigo hoy.

Acompañadas con un lindo sonrojo en las mejillas, esas palabras saliendo de su boca sonaron increíblemente dulces. Luego, se inclinó para darle un beso en los labios, breve pero cálido, corriendo de inmediato de vuelta hacia dentro, donde se preparaban para la presentación del pastel.

Raúl sonrió, entrando también. La noche era oscura y con estrellas, totalmente ideal a pesar del día tan malo que la precedió.

Pasada la medianoche, cuando la improvisada fiesta ya había llegado a su fin y buena parte del mundo dormía, por el parque y la zona cercana a los condominios deambulaba una figura de faz sombría, pero conocida, que iba cantando una tonada en voz errática:

♪ ♫ *Feliz cumpleaños a ti, feliz cumpleaños a ti, feliz cumpleaños Marina... Feliz cumpleaños a ti...* ♫ ♪

Se detuvo al chocar su pie con una botella vacía de cerveza.

- ... y a mí que me parta un rayo...

Tomó la botella del piso y la rompió contra un poste de luz, quedando esparcidos por doquier una gran cantidad de irregulares vidrios rotos, de los que recogió uno de vuelta. La escasa luz de las farolas tropezaba y se devolvía a través del fragmento, produciendo un brillo color dorado en el tono usual del cristal.

Con la vista en las estrellas titilantes en el firmamento, apuntó el extremo roto contra su muñeca izquierda, produciendo un corte recto y profundo, del que enseguida empezó a manar la sangre. Se sentó en la vereda de la calle, de frente a los edificios, y con el brazo sano tomó su teléfono y volvió a ojear el mensaje que Agustín le había enviado. Casi podía sentir su cariño desde esas pocas frases, que la reconfortaban en lo insondable de su alma.

- *Hablé con Marina, ¿sabes?*
- *¿Qué? ¿¡Por qué hiciste eso!?*
- *Porque es lo correcto.*
- *¿Traicionarme es lo correcto?*

Él entristeció, escondiendo sus ojos bajo un mechón del flequillo.

- *No se trata de traicionar. Y aunque no lo entiendas, lo hice por tu bien.*
- *¡Te odio!*

El vaivén de las letras en la pequeña pantalla indicaba el mareo que estaba experimentando, debido a la lenta pero constante pérdida de sangre. ¿Cuánto tiempo de dolor, para perder el conocimiento y morir? ¿Media hora? ¿Una hora?

Agustín estaría desconsolado al saberlo. A alguien ella le importaba, después de todo. Alguien la veía como un ser humano real, y como parte de su vida.

Pero eso no cambiaba el único propósito para el cual existía, y ese era destruir.

XVIII

$\mathbf{M}$arina arrojó el fragante ramo de claveles rosas contra el suelo, pisando una con el taco alto de su bota.

- Ya escuchaste – siguió, con la misma frialdad que había dejado a Raúl tan perplejo -. No te me acerques más. No me traigas estúpidas flores. No quiero nada de ti.

El amanecer apenas se pronunciaba en el horizonte, con la bella vista que el mirador ofrecía a quienes lo buscaban, pero ninguno de los dos se fijó en el cielo. El silencio profundo que le continuó a las palabras de ella duró tanto como una dolorosa eternidad, mientras algo se resquebrajaba.

Raúl no lo comprendía. Si apenas hace poco más de una semana ella lo había besado tan tiernamente para darle las gracias por el rescate, si habían pasado un momento tan agradable en la fiesta de cumpleaños, ¿entonces por qué? Si bien era cierto que luego de esa noche Marina se había marchado a la capital para visitar a su familia, eso no tenía que significar cosa alguna. Pero estaba tan cambiada, tan distante, tan inaccesible.

- ¿Te sucedió algo durante el viaje?

Ella le esquivó la mirada.

- Eso no es asunto tuyo.
- Claro que lo es.

Marina llevaba un vendaje en el brazo izquierdo, cuyos extremos eran visibles aún bajo el traje negro que usaba para sus escapadas nocturnas. Pareció sentir dolor además, cuando Raúl la sujetó de las muñecas y sostuvo aquella zona entre sus manos.

- Déjame ir – dijo ella, con toda tranquilidad -. Quizá no lo entiendas, pero te hago un favor al impedir que te involucres conmigo.
- ¿Impedir que me involucre? – sonrió él con algo de rabia contenida -. Me lo dices después de tantos meses dando vueltas a mí alrededor, trastornando mi vida con tu presencia. Creo que es un poco tarde para eso.
- Aún no lo es.
- ¡No me importa! Para mí ya es tarde.
- ¿Por qué?
- ¡Porque siento algo por ti! – confesó.

Contra todo pronóstico Marina continuó impasible tras oír aquellas palabras, enfrentando los ojos de él con la mirada más carente de emociones que le conoció jamás.

Fue tan doloroso no verse reflejado en sus orbes oscuros, justo en el instante más vulnerable de su vida adulta.

¿En qué se había convertido? No ella, sino él. Si hace unos meses atrás le hubieran revelado ese futuro, donde iba a enamorarse, nunca lo hubiera creído. Mucho menos de la mujer loca y de apariencia adolescente que se le tiró encima como acto de presentación. Los antojos del corazón no tienen sentido, y tampoco tenían remedio cuando se transforman en algo tan poderoso e inestable. Para él, que jamás pronunció antes esa frase prohibida, el rechazo era como una aguja clavándose lento en su pecho. Una mezcla de rabia y agonía. Un impulso malsano naciendo de ese lugar sórdido en que en el pasado se ufanaba de pertenecer.

La confesión que ella le dirigió un día, tan sincera y sin esperanzas como pareció, no podía haber quedado en el olvido. Quizá ésta era su venganza por la crueldad que él le mostró esa ocasión. La rueda del destino empezaba de nuevo a girar, sin control, sin detenerse más que para permitirnos observar las ironías que cada acto nuestro va creando en la existencia.

¿Estaba condenado a perder?

Tal como su familia una tarde salió "por un rato" y nunca la volvió a ver, sintió de repente que ella iba a marcharse de forma similar, en cualquier madrugada que la cobijara bajo sus sombras. Sin un adiós, sin una sonrisa, y sin la responsabilidad inminente de comunicar que lo abandonaban. Por orden de ese maldito hado que jugaba con él, disfrutando de provocarle sentimientos que acababan chocando contra una pared infranqueable.

La ansiedad por aquel mal presentimiento no lo dejaba en paz. Había algo que todos parecían saber, pero se empeñaban en ocultarle. Un secreto a voces dando vueltas alrededor, haciendo inútil cada posibilidad de construir algo perenne, porque tenía la fuerza de echarlo todo abajo.

Posteriormente, cuando quiso afrontar a la pelinegra una vez más, resultó que la "gemela malvada" –como él la apodaba- apareció en su lugar. Caminando por la cancha, apareciendo de la nada al girar en una esquina, como un fantasma. Iba con un vestido azul de amplias mangas largas, que le llegaba hasta la rodilla. Entre medio de la "amistosa" plática que entablaron, en un movimiento automático cuando sopló una ráfaga ella se sujetó la falda del vestido con la diestra, y alzó el brazo izquierdo para protegerse la cara. Entonces la manga se recogió lo suficiente para dejar expuesta la cicatriz que tenía en la muñeca, debido al incidente del corte.

- *¿Qué fue lo que te pasó? –preguntó él entonces -. ¿Tuviste algún accidente?*
- *Nada que te importe – respondió ella, molesta.*

Analizando la imagen mnémica, ¿no estaba la cicatriz de Cristal en el mismo sitio en donde Marina llevaba el vendaje? Por la mente de Raúl pasó la idea fugaz de que fuesen una sola persona, pero enseguida la desechó. La foto que Marina le había mostrado hace algunas semanas era suficiente prueba de que tanto una como la otra existían, pero por si fuera poco, él recordaba con claridad haberlas conocido en su niñez. Sin duda eran dos. Un par de hermanas tan distintas en carácter como iguales eran en lo físico. Quizá las heridas parecidas implicaban alguna pelea entre ambas. Después de todo, la fiesta de cumpleaños de Marina debió haber sido también para Cristal, pero cuando él la mencionó fortuitamente nadie supo darle razones de su ausencia, es más, parecían incómodos con escuchar el nombre de la susodicha. También, a juzgar por la manera siempre hostil con que Cristal hablaba de Marina, y la pose defensiva que esta última mostraba al mencionarle a su gemela menor, profundas desavenencias debían haberse estado creando entre ambas por demasiado tiempo.

El único punto en que coincidían actualmente recaía en el hecho de desear que él se apartara del camino. Tal vez la decisión más coherente era hacerles caso y poner tierra de por medio. Que los misterios continuaran siendo misterios, que Isabela siguiera consumiendo los pasteles preparados por su abuela, y que Manuel o el tipo extraño del 31 de diciembre se encargaran de soportar a Marina el resto de su rara vida.

¿*"El resto de su vida"?* – se cuestionó Raúl el pensamiento. La vida era el conjunto de cada día que les quedara por respirar, de cada mañana de sol y de lluvia, de cada sueño y pesadilla, de cada cambio de estación. Una vida entera. Eso implicaba que él mismo había pensado en la posibilidad de estar cerca de aquella mujer loca por "el resto de su vida" también. Eso lo aterraba. Definitivamente, la opción más cómoda era dar vuelta a la página y seguir con su gris pero predecible existencia, donde sus nervios no se alteraran nunca y donde las palpitaciones de su corazón no volvieran a acrecentarse jamás.

Pero entonces llamaron a la puerta.

"Mi amor por ti es ajeno a mi voluntad, o a cualquier fuerza sobre la cual yo tenga control. No hay nada que pueda hacer para evitarlo, ni nada que tú puedas intentar para extinguirlo. Es, y eso es todo".

Isabela estuvo de rodillas por largo tiempo ante el altar, aún después de que la misa había terminado. Sin desear nada ni pedir favores, sólo permaneció allí con los ojos cerrados, inhalando y exhalando aire como si aquello fuera una actividad tan cansada y ardua de llevar.

Después que la encontraron inconsciente en la acera, en medio de un charco de sangre, es casi un milagro que su hermanita haya resistido hasta arribar al hospital. Por petición expresa de Isabela el encargado del edificio y su familia lo mantendrían en secreto, a fin de no crear "comentarios innecesarios" entre los moradores de la zona.

El rostro de la pelinegra estaba tan pálido como nunca antes, aunque con un gesto inconfundible de estar disfrutando el dolor.

¿Por qué de nuevo? – se preguntó. Justo cada vez que quería creer en una mejoría, resultaba ser sólo el ojo del huracán, la calma antes del feroz azote de la tormenta.

Tras una semana en el hospital y un par de transfusiones de O+ el semblante de la chica casi retornó a la normalidad. Casi, porque la realidad de saberse otra vez al borde de la muerte por su propia mano era un camino sin retorno.

- *Supongo que es hora* – dijo, con un insondable tono de pesar.

Esta vez, el hecho era algo que la rubia no podía ocultar, así que ella sola debió llamar y confesárselo a sus abuelos, que de inmediato se pusieron en marcha para los preparativos.

Cristal se mostraba sumamente complacida con el desánimo de los demás, a pesar que su plan suicida hubiera fracasado. No era la primera vez que lo intentaba, ni la última desde luego. Se sobaba continuamente el vendaje sobre la muñeca, como si la cicatriz que iba a quedarle del corte fuera un trofeo de guerra.

Un poco de atención. Mucha atención. Cuando la dieron de alta su hermana les pidió a Manuel y a Luis que las escoltaran hasta el departamento, como si la creyeran capaz de arrojarse de la ventana del auto. El menor sobretodo, que la acompañó en el asiento trasero, la mantuvo sujeta a lo largo del camino, evitando mirarla como si fuera algo terrible de contemplar.

- *Sé que me odias – le susurró, con una sonrisa de franqueza.*

Él asintió.

Para Isabela en cambio, Cristal encarnaba a su demonio personal, como una representación concreta de sus mayores fracasos y culpas. Igual que Marina, en cierta medida, le traía una pizca de absolución cuando era capaz de sonreír.

Por eso, ninguna plegaria a Dios tendría la suficiente inocencia para llegar a él. No de sus labios, ni de su corazón.

Contuvo un suspiro apesadumbrado, antes de abrir los ojos y mirar de nuevo hacia la figura en la cruz.

- No es tu deber quedarte ahí como un guardaespaldas – comentó -. Ni siquiera vienes a la iglesia, por lo que sé.

Gustavo tardó en reconocer que le hablaban a él, perdido como estaba en su contemplación de las personas a la redonda.

- Bueno, Dios está en todos lados, si crees en él - dijo -.Y no está en ningún lugar, si te niegas a su existencia.

- ¿Y cuál es tu caso?

- Creo, pero es un poco incómoda la idea de que alguien lo sepa todo de ti, y todavía te ame.

- Da miedo.

- Sé que te da miedo – afirmó, no refiriéndose precisamente a la religión.

Le tendió la mano a ella cuando quiso levantarse, acompañándola en silencio hasta la salida del recinto.

Aquel jueves estaba bastante nublado, casi lúgubre, incluso sin señales claras de una precipitación cercana.

- Tú no lo sabes todo de mí – retomó Isabela la idea anterior -. Creo que te horrorizarías si así fuera.
- Lo mismo digo – bromeó él, aunque hablando en serio -. Nadie se escapa de tener algo que lamentar, o aborrecer. Somos humanos, nos equivocamos mil veces y cuando pensamos haber cambiado y aprendido la lección resulta que cometemos mil errores más. Eso no significa que debas pasar tu vida siendo infeliz para pagar tu culpa, sea cual sea.
- Lindo discurso liberador – soltó ella con sarcasmo -. Si escribes un libro de autoayuda se venderá bien.
- No me interesa ayudar a nadie, a no ser tú.
- No recuerdo haber pedido ayuda.
- No se trata de pedirla, sino de necesitarla.
- Basta Gustavo, tú no entiendes.
- ¿Qué es lo que no entiendo?

Isabela suspiró.

- Me hablas de los errores como si fueran algo a lo que puedes afrontar y sonreír, pero eso no siempre es posible. A mí, mi culpa me mira a la cara todos los días, me habla, y me recuerda a cada instante el peso de mis deslices. Ante eso no puedes pretender dejarlo atrás y seguir, porque el camino termina ahí.

Ella se detuvo ante la luz verde del semáforo, antes de cruzar una calle, y él aprovechó para tomar su mano y colocarse a su lado.

- Yo puedo ser tu camino, si me dejas.
- Supongamos que te dejo – alegó ella, mirándolo de fijo con sus ojos verde esmeralda -. ¿Qué harás? ¿Crees que besándome o haciéndome el amor de repente todo mi pasado quedará borrado?

- No se trata de eso – se sonrojó él -, sino de que sientas que alguien te apoya. ¿Acaso crees que me aprovecharía de ti mientras estás mal?
- ¿Por qué no? Ya lo hiciste una vez.

Justo en el eslabón más débil de la cadena. Isabela se soltó de su agarre tan pronto la luz roja se encendió en las alturas, dejando al hombre unos segundos atrás, hasta que pudo reaccionar y seguirla de nueva cuenta.

- ¿Recuerdas lo que dije de los errores? - intentó otro acercamiento -. Todos nos equivocamos, y yo me equivoqué esa noche. Creo que ya me disculpé por ello hace tiempo, pero lo volveré a hacer cuantas veces necesites.
- Yo no necesito nada, a no ser que dejes de revolotear como una mosca sobre mi cabeza.
- ¿Esa es la respuesta que me darás?
- ¿Qué respuesta?
- A lo que te dije la madrugada de tu cumpleaños – respondió -. ¿No me crees, cierto?
- Te creo – declaró ella en el acto, cruzando los brazos y volteando hacia él -. Te creo porque no ganas nada mintiéndome. Ya me tuviste una vez y para un coleccionador de aventuras eso es suficiente. Aparte, sé que tienes una fila de mujeres hermosas que se mueren por ti, por tu trabajo misterioso, por tu padre millonario, y por tu encierro sempiterno de niño bueno jugando videojuegos y leyendo historietas en internet.
- ¿Pero?

Ella suspiró de nuevo, como tomando aire para continuar su idea.

- Pero no puedo – susurró, fijando la vista en el piso -. Hay algo que debo hacer, que es más importante que mi vida, y por eso mientras no lo logre nunca me permitiré pensar en mí misma.

Hablaba en serio. Cada palabra suya era como un peso gigante que de pronto Gustavo pudo visualizar con claridad sobre sus hombros.

- Está decidido entonces – dijo él.

Isabela lo miró, sin comprender.

- Te esperaré – continuó él, con absoluta determinación -. Sin importar cuanto tiempo te tome, te voy a esperar hasta que llegue el momento – se acercó después para besarla en la frente -. Y por ahora permíteme quedarme cerca, como tu apoyo, para cualquier cosa que necesites.

Ella se sonrojó, pasmada y sin palabras, tratando de ocultarlo sin mucho éxito.

- ¿Escuchaste? – reiteró él.

- Vaya – reaccionó al fin, luchando por mostrarse fría -. Eres muy insistente. Supongo que puedes hacer lo que quieras… mientras no me estorbes.

XIX

El vaso humeante de café desprendía un agradable aroma a crema y caramelo. Por la ventana algunos rayos del sol penetraban las pulcras cortinas de encaje negro. Afuera, la actividad humana se desenvolvía en su punto máximo, mientras que entre aquellas cuatro paredes de una habitación de hotel todo movimiento había parado por completo. Todos, a no ser el desplazamiento progresivo de una mirada sobre la pantalla de la *laptop*, al releer las líneas de un informe que sabía ya de memoria:

"...El primer intento de suicidio de la paciente ocurrió en febrero del año 2000, poco después de la fecha de su cumpleaños. Intentó envenenarse tomando una botella de desinfectante para pisos, pero la ingesta provocó fuertes vómitos que pusieron alerta a la familia antes que su salud se perjudicara en mayor medida. Por cerca de seis meses antes la terapeuta a cargo había mencionado la existencia de ideación suicida en la paciente, aunque descartaba la posibilidad de que fuera capaz de llevarlo

a la práctica, haciéndose daño a
sí misma.

Tras el incidente se le
empezó a recetar medicación
antidepresiva, que fue
cambiada en el año 2003 por
antipsicóticos, al manifestarse
comportamientos erráticos
y la aparición de delirios
de naturaleza sobrenatural,
cambiándose el diagnóstico
anterior de "trastorno de estrés
postraumático" por "trastorno
depresivo grave con síntomas
psicóticos". El segundo intento
de suicidio ocurrió justamente
por una ingesta excesiva del
fármaco Risperdal en agosto de
2003, tras lo cual surgió por
primera vez la recomendación
profesional de internar a la
paciente en un sanatorio, donde
gozara de vigilancia médica
continua.

A inicios del año 2006,
nueva evidencia encontrada
a raíz de las entrevistas,
las pruebas proyectivas, y
la observación, permitieron
llegar al diagnóstico actual de
la paciente: F44.81 Trastorno
de identidad disociativo (de
acuerdo al DSM-IV-TR).

Posteriormente, en 2007 y 2009
se produjeron nuevos intentos de
suicido. El primero por medio de

una soga atada a una viga alta
de la vivienda de la paciente,
y el segundo con la ingesta de
tinta de impresora. Incluso
tras la evidencia fehaciente
de que la paciente representaba
un peligro para su propia
integridad, la familia continuó
negándose a la internación
permanente, sólo permitiendo
breves visitas al pabellón de
psiquiatría. Incluso, a partir
del diagnóstico de 2006 se le
retiró la medicación, pasando
a trabajarse el caso únicamente
por medio de psicoterapia..."

Agustín cerró el archivo y se venció sobre el respaldo de la silla, con el rostro hacia arriba y la mirada perdida.

La imagen de Cristal apareció automáticamente ante sí, como un fantasma. Ella y su sonrisa de tierna superioridad, de manipuladora compulsiva. Esa imagen que parecía tan indefensa y vulnerable, cuyo mayor peligro en el mundo resultaba enfrentarse consigo misma. Marina era fuerte en comparación, pero poner una frente a la otra iba de la mano con el delirio que estaba tratando de romper. Porque ambas eran como la noche y el día, parte de un solo cielo. Porque ambas eran como el hielo y el vapor, la misma agua que fluía en un ciclo interminable. Porque sentirlas dos entidades diferenciadas era como estar ante un espejo y creer que tu propia figura del otro lado es alguien distinto.

Y "ellas" eran la misma persona.

"Mi anhelo de poseerte es tan grande que no me importa ser un peón en manos del destino. Si algún designio me acerca a ti, seré feliz. Pero si otro me aleja,

juro que derrocaré hasta la última ley del orden cósmico para quedarme a tu lado. Porque mi amor no tiene cabales, ni cordura, ni medida. Porque me asusta tanto hoy la posibilidad de perderte, como un día lo hizo empezar a sentir esto por ti."

Marina apareció con un gran bolso rosa y lo primero que hizo al entrar fue dejarlo sobre el sofá y tomar a Raúl de la mano.

- Ahora hagámoslo.
- ¿Hacer qué? – se quejó él -. Aún es temprano.
- Ir al supermercado – rió -, a comprar algunos ingredientes para la cena. Karina me pidió que te dé de comer.
- ¿Por qué haría eso?
- ¿No te has cuestionado que es raro que se haya ido de viaje tan de repente?

Eran las justas horas del atardecer, con las sombras casi cubriéndolo todo. En las calles los autos y las lámparas comenzaron a encender sus luces poco a poco, mientras una mezcla de silencio y monosílabos se colaba entre la pareja.

Así que su abuela lo sabía. Pero, ¿qué tanto? Luego de la última visita de Marina, justo cuando él pensaba dar un paso definitivo al costado, sentía que el universo se estaba volviendo un caos nuevamente. De la nada, sin motivo, sin vergüenza, ella lo había retado a un último duelo.

- *Te desafío a pasar la noche juntos, en tu habitación, y que no ocurra nada entre nosotros. Lo único que debes hacer es no tocarme -le había dicho-, y desapareceré de tu vida para siempre, tal como has deseado desde que me conociste.*

De nuevo, comprender lo que pasaba por su mente era una misión imposible. ¿Acaso no se le había confesado hace poco? ¿Por qué querría entonces que desapareciera? Aunque era cierto que gran parte de él seguía totalmente en contra de la idea de sentir algo, o involucrarse con un problema personificado como era Marina. Pero ahora parecía tan feliz, halándolo de la chaqueta para que se diera prisa, brincoteando de un pasillo a otro en busca de víveres, tarareando una tonada de regreso a los condominios, y durante su estancia en la cocina. Aquella fue la primera vez que la vio en tales menesteres domésticos, troceando, picando, sazonando y probando con paciencia los avances de su creación.

- No estás poniendo afrodisiacos, ¿verdad?
- Eso sería hacer trampa.
- ¿Trajiste ropa de mujerzuela?
- Hmm... ¿te refieres a corsets, medias con liguero, encajes y transparencias? – le cuestionó, viéndolo de reojo -. Pues no, la "ropa de mujerzuela" es muy incómoda.

Hasta entonces, y por el tiempo que duró la cena y la plática posterior viendo televisión en la sala, fue como si en realidad, a pesar de cada indirecta y frase en doble sentido, ninguno entendiera los alcances de su acuerdo. Eran como un par de niños peleando por el control remoto, escuchando viejas canciones en la radio, o jugando a buscar estrellas desde el balcón. El de esa noche era un firmamento profundamente oscuro, triste, como congelado en un instante que más tarde iba a hacerse pedazos.

- ¿En qué piensas? – irrumpió ella en el silencio ajeno, mostrando en sus ojos un misterio mucho mayor del que trataba de revelar.
- No lo sé – desvió él la mirada -, quizá en que estás mucho más loca de lo que jamás consideré.
- Es posible – admitió Marina, dejando salir un simpático bostezo de fingido cansancio -. Pero dentro de poco te librarás de mí – susurró esto último -, así que no importa en lo absoluto.
- Dices que puedo elegir, pero pareces estar convencida de cómo acabará todo.
- Jo, ¿y acaso pretendes hacerme algo esta noche?

- ¡Yo no dije eso! – se sonrojó Raúl, volviendo a la sala -, es sólo que detesto tu seguridad.

Tal y como siempre. Ella ocultó una sonrisa de pesar y lo siguió. La sala fue quedándose atrás, igual que los astros imaginarios que alumbraban desde la inmensidad. El reloj marcó la medianoche unos minutos después, y el *tic tac* dictado por las manecillas hizo un leve eco en la habitación que se sumergió en un mutismo absoluto.

- Buenas noches – saludó ella entrando por la puerta.

Iba ataviada en un conjunto de pantalón largo y amplio blusón de botones, ambos en color rosa y estampados de pastelitos de fresa. Sobre el cabello suelto un gorrito blanco con orejas de gato.

Él la miró y asintió, con el desconcierto de quedarse sin palabras. Marina avanzó hasta el armario para sacar una manta y preparó un tendido en el piso al lado derecho de la cama, sólo tomando una de las almohadas sobre ella.

- ¿Qué haces?
- ¿Qué?
- Yo dormiré en el suelo. Puedes usar la cama.
- Nada de eso – negó, acomodándose en su lecho improvisado para testear la comodidad -. Soy la intrusa así que me corresponde el piso.
- Y yo soy el hombre, eso es razón más que suficiente para que te quedes con la cama – se molestó él.
- Gracias por la caballerosidad, pero no es necesario.
- Pero…
- Es mi última palabra – se sentó ella un momento, para fijar sus ojos en Raúl con seriedad, antes de tumbarse nuevamente y dar vueltas entre las mantas hasta acomodarse.
- Tú… ¡pues yo tampoco dormiré en la cama, y punto final! – exclamó, tomando algunas de las mantas sobre el colchón y haciendo un tendido improvisado del lado izquierdo, con la última almohada que quedaba -. ¡Hasta mañana!

Marina sonrió al escucharlo, ahogando un suspiro antes de cerrar los ojos y tratar de conciliar el sueño.

A través de la ventana entreabierta, una suave brisa fría se colaba a ratos para circular alrededor. La penumbra era lo suficiente densa para sumergir cada cosa en su versión temible, desde el sordo sonido de las copas de los árboles al batirse, hasta los pliegues semi lejanos de la ropa o las marcas en la pared. A horas como aquella, los ojos aprenden a descubrir mundos que se ocultan fácilmente cuando hay demasiada luz. ¿Pero ese mundo existe? Quizá la realidad es una mera reproducción subjetiva de partículas de materia que viajan sin rumbo por el espacio. Tal vez todo es una ilusión. De esa forma nada estaría bien, nada estaría mal, nada sería normal o se saldría de la norma. De esa manera la cura a una situación dolorosa estaría al alcance de una alucinación, porque la misma realidad sería producto de ella.

Raúl continuaba mirando hacia el techo, al blanco impoluto que con la oscuridad de la noche seguía viéndose poco más que gris. Tras la primera media hora de dar vueltas inútilmente había aceptado el hecho de que le sería imposible dormir en las presentes circunstancias. Y no se trataba del calor, menguado por la brisa, ni de la dureza del piso, que funcionaba como una buena excusa mental. El hecho inolvidable era que a menos de dos metros Marina debía estar profundamente dormida, aunque no llegara a oír su respiración. Ella, la misma mujer escandalosa de aquel día, cuando la confundió con una adolescente. La misma mujer extraña que escapaba cada domingo en las madrugadas como una espía del servicio secreto, solamente para contemplar el amanecer. La misma tipa de gustos infantiles que asistía a convenciones de cómics vestida como una colegiala japonesa. Sobre todo, la misma persona que podía ser tierna un instante, y tornarse increíblemente insensible al segundo posterior. Estaba ahí, al alcance de su mano, justo al lado opuesto de la cama que fungía ahora como la única separación entre sus cuerpos. Se llevó las manos a la cabeza, como desechando un impulso que amenazaba con nacer en su interior. De eso se trataba el desafío, de resistir. Por supuesto que no sería sencillo, siendo él un hombre y Marina una mujer. Pero debía, si era necesario, darse un golpe con un martillo para quedar inconsciente y sobrevivir a la posibilidad de cometer una locura. Cada pensamiento iba y regresaba sin control por su mente, vagando como almas en pena sobre una cripta. Él la quería, sin duda, sin saber bien por qué. Ella también, estimaba, aunque a ratos su inestabilidad lo ponía en duda, como si estuviese encerrada en una tan grande contradicción como la de él. Y ese reprobable desafío, ¿era una prueba? ¡Lo era, sin duda! Eso estaba claro. Entonces, ¿cuál sería el proceder correcto? Si la mañana llegaba, y ella cumplía su promesa, de alguna manera la perdería para siempre.

Pero, ¿es posible perder lo que jamás se ha tenido?

Del lado derecho junto a la cama, Marina continuaba envuelta entre las cobijas, en la misma posición. Sus ojos se abrían y cerraban de tanto en tanto, negándose a dormir para que la noche se prolongara lo más posible. En el corazón, los minutos que son tanto felices como dolorosos suelen durar una eternidad, y conservarse en la memoria tan intactos como si se viviera en ellos para siempre. Y así pretendía en su caso, viendo que sus planes marchaban al pie de la letra, y que las últimas horas arribarían lentamente antes de irse junto con ellas.

Pero, de pronto escuchó un leve ruido del otro lado, que la hizo girarse hacia la izquierda y descubrirse hasta la cintura, con la intención de levantar la sábana para echar un vistazo bajo la cama. Se detuvo en el acto, recriminándose, e iba a regresar a su postura anterior cuando una mano ajena apareció para tomarla con rudeza de su muñeca

174 *Patricia Lasso R.*

izquierda, justo en el lugar de la cicatriz. Ahogó un grito en la garganta, sintiéndose halada de pronto hacia debajo de la cama, donde se encontró con la mirada de Raúl que la esperaba desde el extremo opuesto. Cuando ya estuvo lo suficiente cerca él la tomó por la cintura y acabó de arrastrarla hasta su lecho, colocándose sobre ella.

Pasado el susto inicial, Marina se quedó en silencio. Trató de mantenerse tranquila, mientras él la empezó a besar, primero con suavidad, y luego con un ansia que iba evolucionando hasta acelerarle el pulso.

- Raúl...
- Shhh – la calló, poniendo su índice derecho sobre los pálidos labios de ella.

La tenía justo debajo de su cuerpo, con una vista privilegiada de sus mejillas sonrojadas y sus ojos expectantes. Creyó que tal vez iba a detenerlo, pero no oponía ninguna resistencia a cada avance, mientras se tomó un largo tiempo en desabotonar la blusa de su pijama, o repasar con cuidado los bordes del brassier blanco que apareció bajo ella. No lo iba a detener. Fue casi como si lo gritara con sus oscuros ojos, pero... tampoco se había movido un ápice desde el asalto.

A él le temblaban las manos, preguntándose internamente por qué aquello se le hacía tan difícil, a pesar de tener suficiente experiencia. Quizá, ¿sólo por ser ella? Su piel era tan blanca, suave, y gélida, pero aún, acariciarla en los lugares adecuados provocaba que un escalofrío de calidez la recorriera, y esa sensación en el tacto ajeno se le hacía deliciosamente adictiva. Cuando consiguió quitarle el brassier, Marina se llevó las manos al cabello y trató de taparse acomodando un mechón a cada lado, haciendo que Raúl se sonriera por semejante acto. Llevaba aún el gorrito con orejas de gato sobre la cabeza, y aquello en conjunto con sus proporciones realmente dejaba imaginar que se tratara de una niña.

- ¿Dónde conseguiste ese gorro? – preguntó, mientras presionaba uno de sus pezones.
- L-lo compré e-en la c-convención... - dijo ella, con la voz apenas entrecortada.

Tras jugar un rato con sus senos, Raúl fue descendiendo lentamente por el abdomen de la chica, besando su ombligo y midiendo manualmente lo estrecho de su cintura, que casi podía rodear solo con sus manos. El pantalón del pijama tenía una especie de cordón para ajustarlo, y él se divirtió en desatar el nudo y quitárselo casi en cámara lenta, para observar en detalle la nueva piel que quedaba al descubierto. Las bragas aparentaban ir a juego con el brassier, pero llevaban además un pequeño lacito de cinta blanca justo en medio del borde superior, como el pompón en un regalo de navidad. Cuando se lo hubo quitado también, ella pegó un corto grito de resistencia, cubriéndose el rostro con ambas manos. Se alejó un poco para contemplarla de pies a cabeza, totalmente desnuda y frágil. Se veía tan hermosa y estaba tan a su merced, que la sola asimilación de esa idea acabó con sus restantes sujeciones mentales. Se tendió para besarle la frente, la nariz, y los labios, llevándole las manos a los lados de la manta. Luego le abrió con delicadeza las piernas, y con sus dedos fue explorando el húmedo interior que tenía frente a sí. Tan pronto Marina comenzó a gemir, Raúl sintió como un calor desorbitado le iba hirviendo la sangre, al contemplar en su gesto una mezcla de confusión y placer.

Se levantó para desnudarse también, incapaz de contenerse por más tiempo, y enseguida se posicionó sobre ella, llevándole las piernas alrededor de su cintura, tal como aquella vez, cuando Marina le saltó encima para huir del *pitbull*. Su mirada estaba fija en la de ella, como si quisiera descubrir su alma justo antes de irrumpir físicamente en su intimidad.

- ¡Ah! – gimió ella en un profundo quejido, cuando sintió la primera embestida.

Luchó por ocultar el dolor, pero su expresión fue tan sincera que Raúl acabó por notarlo también, abriendo sus ojos con asombro al comprender el significado. Un golpe de realidad que no se esperaba, y que le enterneció hondamente a favor de su amante. No le preguntó ni dijo palabra alguna, pero sus movimientos posteriores fueron controlados y medidos a fin de que su cuerpo pudiera acostumbrarse a recibir algo por primera vez.

- E-estás sudando f-frío – le hizo Marina notar poco después, acariciándole la mejilla con su diestra -. Ya estoy b-bien...

Él se inclinó para besarla, sonriendo un instante para corresponder la complicidad. Su cuerpo le pedía a gritos aumentar el ritmo, y con la aprobación de su compañera pudo darse rienda suelta poco a poco, pero sin apartar nunca su mirada de la expresión ajena, como si se concentrara mucho más en su satisfacción que en la propia. ¿A cuántas mujeres había tenido ya, en la misma situación? Al parecer, la femineidad era algo complicado y masoquista, en que muchas se sentían atraídas por seres antisociales como él, que empleaban su rabia existencial como un fuerte combustible erótico.

El interior de Marina fue contrayéndose erráticamente, mientras arqueaba la espalda y sus gemidos iban en aumento, indicando la proximidad de su éxtasis. Raúl la sujetó con firmeza por las caderas y acrecentó la intensidad de sus embates, hasta sentir que ella se venció por completo, conduciéndolo a término también. Sólo alcanzó a retirarse a tiempo, evitando acabar dentro, y rindiéndose jadeante sobre el piso.

De reojo, observó que Marina tenía unas finas gotitas de sudor recorriendo toda su piel, mientras trataba de recobrar el aire.

- Creo que he perdido – dijo, haciendo que ella volteé la vista hasta encontrarse con sus ojos -. Ya ves que hay muchas cosas que están fuera de tu control.
- ¿Por eso lo hiciste?
- No... - acercó su brazo para asirla de la cintura y poderla abrazar -. Sólo quería que no hubiera un camino de retorno. Y ya no lo hay.

XX

Marina se vistió sin hacer ruido y salió a paso lento de la habitación para no despertar a Raúl. Debían ser las cuatro de la mañana, a juzgar por las sombras del exterior, que apenas daban viso de aclararse en horas futuras. Cuando estuvo a medio pasillo hacia el departamento de Isabela, no pudo más y se desplomó sobre el piso, de rodillas, llorando silenciosamente por varios minutos.

De todas las cosas que había decidido en su vida, aquella era la más difícil, y por mucho la más dolorosa.

Tocó el timbre una sola vez, y su hermana le abrió como si ya hubiera estado esperando por ella. De hecho así era, pues el vuelo salía en tres horas y pretendían llegar al aeropuerto con anticipación.

- Tu equipaje ya está listo – le dijo -, sólo date un baño rápido mientras llamo al taxi.

- Ok…

La rubia notó el gesto abatido de su hermanita, pero debió ignorarlo para economizar tiempo y esfuerzos. Lo principal era salir sin que nadie aparte del encargado lo notase, antes de que el cobijo de la madrugada se descubriera del cielo.

Desaparecer.

- *¡Juguemos al lobo! – sugirió la "niña A", en tono de imposición -. El niño con cara de niña busca.*

Raúl tardó en reconocer que se refería a él. Posiblemente por sus facciones delicadas, y por el mismísimo deseo de molestarlo. Pero sólo sonrió y empezó a responder las preguntas de la tan conocida canción infantil. Cuando el lobo por fin estuvo vestido y perfumado para salir a cazar, el grupo de infantes corrió despavorido, repartiéndose en todas direcciones alrededor del parque. Él los observó con calma, y corrió poco después hacia los objetivos que le interesaba capturar primero: las gemelas. Una era lenta y tímida, pero sabía esconderse bien, eligiendo un agujero entre dos poblados arbustos donde apenas era visible al fijarse detenidamente. Sin embargo no era ella a quien buscaba. La hiperactiva niña de colitas que lo había designado como lobo estaba a unos pocos metros de distancia, como desafiándolo con la mirada. Echó a correr y ella hizo lo propio, a toda velocidad, esfumándose entre una fila de árboles con flores.

- ¿¡Dónde estás!? – gritó, un poco ofuscado y haciendo puchero. Que se le escape una presa lo ponía de malas, incluso en ese entonces -. ¡Aparece!
- Toooonto – escuchó a lo alto, elevando la vista para ver a la niña sentada en una de las ramas altas del almendro -. ¿Vas a ponerte a chillar?
- ¡Baja ahora mismo! ¡Estás haciendo trampa!
- ¿Quién dice? – le sacó ella la lengua -. Sube por mí si te atreves.

Raúl lo intentó un par de veces, pero escalar por el tronco se le hizo imposible y volvió a dirigirle a la "niña A" una mirada de resentimiento infantil. Ella lo vio alejarse con esa nubecita gris sobre su cabeza, que fue desvaneciéndose cuando atrapó a todos los demás niños para desquitarse, incluyendo a su gemela menor.

- Oh señor lobo, ¿a mí no va a comerme? ¿O es que ya se llenó?

Él estaba a punto de gritarle, cuando vio que ella se había colgado de la rama como un murciélago, logrando que el vestido se le corriera y se le vieran los calzones.

- Hermana, bájate – apareció su gemela menor -. ¿Qué haces?

- *Soy una ardilla.*
- *¡Las ardillas no se cuelgan así! – gritó Raúl.*
- *Las de mi mundo sí – sonrió ella, incorporándose con rapidez y bajando el árbol con suma facilidad –. He ganado, así que elijo el juego siguiente.*

El canto de las aves en la ventana se volvió más sonoro cuando los rayos solares entibiaron la ciudad. Contrario al nublado día anterior, el presente amenazaba con un sol radiante en las alturas, y unas pocas nubes blancas sobre el cielo pálidamente azul.

Raúl se levantó despacio, con un fuerte dolor de espalda tras la noche durmiendo en el piso, y la sensación de un próximo resfriado por quedarse dormido apenas con ropa interior. Marina no estaba, pero supuso que había regresado al piso de arriba a cambiarse, no dándole gran importancia en ese momento.

Acababa de tener un sueño interesante, con fracciones muy vívidas de aquella tarde jugando con las Freire. El destino debía existir, después de todo, y quedó sellado desde el momento que Cristal corrió llorando a esconderse tras él, mientras su hermana la perseguía con una rana en las manos.

Marina...

Recordar la noche pasada le produjo un ligero rubor. Al final, la tentación de tenerla tan cerca había sido más de lo que podía manejar. Realmente la quería. Se agachó para recoger las mantas y ponerlas en la lavadora, y de pronto el gorrito con orejas de gato apareció oculto entre ellas. Marina debió olvidarlo al irse. Él lo tomó y por un segundo se lo probó para verse en el espejo, llevado por una infantil curiosidad. Casi pudo escuchar a su "yo" interior riendo a carcajadas.

Eran casi las diez de la mañana.

Tras darse un baño y ponerse ropa decente subió hasta el quinto piso para buscar a la pelinegra. Su abuela volvería la tarde siguiente así que le esperaba una jornada entera sin saber cómo subsistir, por lo que pasó por su cabeza la idea de encargarle a Marina todo su día, teniendo a la vez la oportunidad suficiente para hablar de largo acerca de qué harían de ahora en adelante. ¿Sería correcto pedirle que sea su novia? ¿Ella estaría feliz con eso? Raúl ostentaba una nula experiencia en mantener relaciones afectivas, dado que su humor malgeniado acababa espantando a las chicas que se le acercaban, y tampoco le interesó jamás el pretender en serio a ninguna.

Tocó el timbre un par de veces, pero al parecer no había nadie en casa. Decidió esperar junto a la puerta, y varios minutos después acabó sentándose en el piso, con la mirada un tanto perdida en sus pensamientos.

Isabela apareció por el pasillo casi a mediodía, y se paró en seco al encontrarse con Raúl. Cargaba algunas bolsas de compras, e intentó pasar de largo sin decirle una palabra hasta dejar los víveres sobre el mesón de la cocina. Él entró detrás de ella y siguió sus movimientos con algo de ansiedad, mirando alternativamente hacia la entrada y el interior del departamento.

- ¿Dónde está tu hermana? – preguntó, ya sin paciencia.
- Se fue – dijo la rubia, mientras ponía en orden los estantes de la cocina.

Parecía evitar a toda costa enfrentar sus ojos con los de él.

- ¿Y cuándo vuelve? – insistió Raúl, fijando la vista un instante sobre el reloj en la pared.
- No vuelve – le contestaron.

"Hay cosas que son bellas sólo porque nos son desconocidas, y cosas que amamos únicamente porque jamás nos pertenecerán. Déjame entonces ser eso para ti, tal como a mis ojos lo has sido siempre. Déjame ser esa estrella lejana que acabará apagándose un día, pero que hoy brilla solamente para ti."

182 Patricia Lasso R.

Isabela había tomado sus precauciones, al llamar a Gustavo y pedirle que la visite apenas entraba a los condominios. De otra manera, tal vez Raúl hubiera tenido tiempo de sobra para hacerle un daño real, tras tomarla por el cuello. El golpe que su amigo le dio le ayudó a tranquilizarse, sin dejar de revisar la habitación de ambas y dar varias vueltas alrededor de la sala, antes de sentarse en el sofá a pedir explicaciones. En efecto las cosas de Marina no estaban.

La rubia seguía sosteniéndose el sitio de la ofensa, aunque en realidad no quedaban rastros de molestia alguna. Sus ojos iban de un lado a otro, desesperados por no fijarse en los hombres que tenía alrededor. Su hermana le prohibió hablar, casi bajo un juramento de sangre, y no deseaba romper la promesa, pero la mirada de Raúl se le presentaba tan llena de confusión y otras emociones, que en lugar de temerle o sentir enfado, le provocó un genuino pesar.

- Sólo olvídate de ella.
- ¡No me digas lo que debo hacer! – exclamó él -. ¿Tienes idea de lo que pasó entre nosotros?
- Lo sé – dijo Isabela, logrando que Raúl se calle.

Gustavo sabía poco o nada del asunto, pero en su calidad de protector acompañante únicamente podía callar y esperar. Ver a su amigo en semejante estado de excitación le daba a entender que algo grave ocurría.

- Dime dónde está.
- No puedo.
- ¡Dime por qué se fue!
- No puedo.
- ¡Tengo derecho a saberlo!
- ¡Ella no quiere que lo sepas!

En los ojos de Isabela asomó una lágrima, así que se levantó rápido a buscar una servilleta en el comedor. Causarle dar una muestra de debilidad a esa escala hizo que Gustavo mirara a Raúl con rencor, pero también sentía curiosidad por lo que estuviera pasando.

- Perdona – dijo el pelinegro, un poco abatido -, pero entonces puedes llamar a la policía o hacer que este idiota me mate – señaló a su amigo -. No me iré hasta que me digas la verdad.

Isabela continuó de espaldas por algunos minutos, en silencio y con la servilleta en las manos. Para esas horas de la tarde, ya su hermana habría llegado a casa de sus abuelos, y sería cuestión de pocos días para la internación.

En su sala, la mirada de Raúl seguía expectante encima de ella, aunque conteniéndose y respetando –por ahora- su reserva. Gustavo la observaba también, con gesto de preocupación, esperando a lo que hiciera para reaccionar al compás.

Fue directo a la puerta y la cerró con violencia, regresando al sofá pequeño a sentarse.

- Sería mejor que no supieras esto – advirtió, como última esperanza, pero ya sabía que era inevitable. Él no desistiría -. Mi hermana...Marina... no es... normal.
- Eso lo he sabido siempre – soltó Raúl, aunque sin mala intención -, ¿cuál es el problema?
- Cristal es el problema.
- ¿Qué sucedió con ella? ¿Por eso Marina se fue? ¿Tiene algo que ver con la cicatriz que tienen las dos?

Isabela se sorprendió un poco.

- ¿Sabes de la cicatriz?
- La he visto. La tienen en el mismo lugar – agregó -. ¿Vas a explicarme por qué?

No era algo sencillo de decir. Ella sollozó, tratando de buscar las palabras adecuadas, que no fueran ni técnicas ni comunes. Decir que su hermana no era normal sonaba como una ofensa, aunque a términos sencillos fuera cierto. Empezar por el intento de suicidio fue bastante para que ambos cambiaran por completo su expresión. Pero eso no

aclaraba por qué ambas tenían la misma marca, del mismo corte, en el mismo lugar.
-   Es porque son la misma persona – dijo, ocultando su mirada bajo el cerquillo.

Como si fuera un ataque personal, Raúl se defendió mencionándole a Isabela que las conoció cuando niñas, que había dos fotos que lo probaban, que la idea de ser engañado de esa manera tan estúpida estaba fuera de contexto para él. Entonces fue Isabela quien reaccionó para atacarlo, corriendo a darle una bofetada con todas sus fuerzas, y herida por la incredulidad le soltó ya sin mesura cada parte faltante de la historia: Cristal estaba muerta, desde aquella tarde tras el accidente en el hotel, hace casi quince años. La Cristal que él y todos habían conocido no era real. La Cristal que odiaba a todos y se odiaba a sí misma era Marina. Marina y su personalidad alterna, que era un reflejo de la culpa por la muerte de su hermana.

Cuando no pudo seguir, Gustavo la abrazó con fuerza, dejándola llorar libremente. Tener que decir todo aquello, de nuevo, todo junto, fue como abrir un cajón que había estado sellado por demasiado tiempo en su interior. Marina nunca se lo perdonaría, pero, si lo que deseaba en realidad era que Raúl siga con su vida y la olvide, ésta era la manera más fácil para asegurarse de que lo hiciera. Su expresión aterrada no le dejaba en claro si había comprendido cada palabra. Y no podía culparlo, ni a él ni a Gustavo. Ella había tenido muchos años para asimilar la idea, y a veces aún despertaba creyendo que era un mal sueño, cuestionándose qué significados mentales y religiosos tenía todo eso para sí misma. ¿Cómo les podía pedir entonces que lo entendieran en menos de diez minutos?

A pesar de todo, cuando Raúl había escuchado acerca de la internación, volvió a preguntarle dónde estaba Marina. Con desesperación, con un enorme vacío, pero Isabela tuvo que decirle que esa parte jamás se la contaría, sin importar qué.

Cuando el chico salió corriendo por su puerta, sin escuchar razones, se cuestionó si no había cometido otro gran error. Otro más. Arruinarle a alguien la vida arrojando todo eso sobre su alma quizá constituyó una pequeña venganza para ella, pero Gustavo no estaba involucrado. Él, que siguió allí consolándola sin decir nada, sin atreverse a mostrar ninguna emoción para no alterarla más.

- ¡Suéltame! – lo empujó -. ¡Vete también! ¡Déjame sola!

Él se negó, sin decir palabra.

- ¡Qué te vayas! – volvió a gritar, arrojándole los cojines del sofá, y tratando luego de golpearlo con los puños cerrados -. ¡Deja de mirarme con lástima! ¡Todo fue mi culpa, así que no merezco que te compadezcas de mí! – se resistió, cuando él le sujetó los brazos para contenerla -. Yo me fui, y las dejé solas… Las dejé solas, y… ¡por eso soy una asesina!
- Basta… Fue un accidente, ¡no fue tu culpa!
- ¡Claro que lo fue! ¡Ellas eran unas niñas!
- ¡Tú también lo eras! – la obligó a que lo mirase a los ojos -. Deja de culparte Isabela… Nadie podría prever que algo así pasaría, y por eso nadie tiene la culpa, ni tú, ni tus padres, ni mucho menos Marina.

Gustavo ilustraba un punto con eso. De entre toda la culpa que se podía repartir, Marina es quien se quedaba con la mayor cantidad. Ella que la vio morir, que había estado ahí para escucharla gritar al caer y estrellarse contra el suelo. Ella que había caído sobre la sangre de Cristal, mientras se desbordaba sobre las blancas baldosas del hotel.

Esa culpa de vivir, sin más que un brazo roto y unos pocos rasguños, constituía un hecho imperdonable. A pesar que los médicos le llamaban "buena suerte" a salir casi ilesa de un caída del tercer piso, las verdaderas heridas eran invisibles y descansaban en el alma, allí donde ningún remedio las podía sanar. Y a tal grado se odió por eso, y a tal grado extrañaba a su hermana y se sentía responsable de su muerte, que se negó a reconocerla por mucho tiempo. Primero, hablando de ella como si estuviera de viaje, y fuera a regresar en pocos días. Luego, como si al hablar Cristal hablara también, junto con ella. Después, de repente, sin que nadie lo note ni pueda evitarlo, le cedió la mitad de su vida, para que "pudiera seguir viviendo". Pero esa Cristal que apareció del otro lado de su conciencia nunca más fue la tímida niña que lloraba por casi todo, y se sonrojaba con facilidad. La Cristal que nació aquel día, cuando Marina la creó, fue una representación de su constante reclamo por haber sobrevivido, y con eso, una constante búsqueda de matarla también.

¿Puede la vida de alguien ser tan miserable, mientras sonríe para los demás, al mismo tiempo?

Raúl había regresado a su departamento, pero verse encerrado entre cuatro paredes le provocó una inusitada claustrofobia. Como si cada cosa se viniera contra él, no lo soportó y volvió a salir a toda prisa, aún con la mente en blanco sin atreverse a repasar las palabras de la rubia.

El sol en lo alto del cielo hacía a la naciente tarde una llena de vida en las calles, como si el universo estuviera feliz. Entonces se dio cuenta de algo por primera ocasión, convencido para siempre, y es que el universo no gira alrededor de nadie, ni se inspira en sus emociones para originar el clima de cada jornada. De ser así, la lluvia caería tan fuerte, tan fría, y tan desoladora, que el peso de sus aguas sería capaz de llevárselo todo al infierno. A un lugar de donde no pudiera regresar.

Incluso en contra de su voluntad, cada momento compartido con Marina le vino de pronto como en una película, proyectándose una y otra vez. Sus sonrisas que parecían tan despreocupadas, y que al inicio lo ponían de pésimo humor. Sus extrañas facultades y frases a medias que le hicieron alucinar que se trataba de alguien con "poderes especiales". Su fragilidad repentina, que se esforzaba tanto por ocultar. El misterio del que ella le habló, ese que luego le dijo que nunca le permitiría descubrir, al fin lo sabía.

Pero todos lo sabían, desde siempre. Para Isabela, para Manuel, para el resto de sus amigos cercanos lo que acababa de pasar era algo que tarde o temprano sucedería, y que esperaban. ¿Y él? ¿Cómo se supone que debería reaccionar él? Un montón de sentimientos buenos y malos apenas le permitían seguir respirando, conteniendo la rabia, por la impotencia de saberse inútil ante cualquier posibilidad.

De nuevo, sin poder despedirse y sin avisar, alguien que le era importante se había marchado de su vida. ¿Otra pérdida? El cosmos entero le daba la razón al suponer por tantos años que aferrarse a algo solamente sirve para sufrir, cuando lo pierdes. Porque siempre lo pierdes. Porque al final del viaje la soledad es la única que nos queda por compañía.

Marina no estaba muerta, como su familia, pero a breves rasgos la vio así, como un fantasma. La niña a la que nunca llegó a atrapar. Se sintió engañado y herido, sino por ella, por la suerte y por Dios, donde quiera que estuviera viéndolo con desprecio. Para defenderse de algo así, para no acabar consigo mismo o con cualquiera que apareciera en su camino, tenía que odiarla. Odiarla por dejarlo solo. Odiarla por no confiar en él. Odiarla... por amarla.

- ¿Raúl? – escuchó, poniéndose en guardia antes de ver que se trataba de Paula.

La castaña llevaba ropa de gimnasia y un gorrito con orejas de conejo. Se sentó junto a él en la banca del parque.

- ¿Por qué estás llorando? – acercó su mano, tomando con el índice una lágrima en su ojo derecho.

Él la miró con desconcierto. ¿Estaba llorando?

- ¿Sucedió algo con Marina?
- ¿Qué es lo que sabes? – preguntó con recelo, limpiándose los ojos con el brazo.
- Nada – dijo ella -. No sé nada en realidad. Pero, Marina pasó ayer temprano por mi departamento, y

me pidió que hoy estuviera pendiente de ti... y que me ponga este gorrito – haló una de las orejas.

Paula se levantó de pronto cuando un carrito de helados pasó a pocos metros de ellos, corriendo a comprar un par. Le tendió a Raúl un cono con vainilla y chocolate, mientras ella probaba uno de coco. Estuvieron un largo rato así, en silencio y con una excusa entre las manos.

- No sé qué esté pasando Raúl, pero sea lo que sea deberías levantarte y seguir.

El pelinegro pareció enfadarse.

- ¿Ella te pidió que me digas eso?
- No... lo estoy diciendo yo – lo miró ella de reojo, respirando hondo para proseguir, sin remordimientos -. ¿Sabes? Todos esos años que me miraste desde el balcón, son la misma cantidad de años que yo te observaba deambular por este parque, leyendo, o ver al horizonte con la mirada perdida. Nunca te vi reír, ni llorar, ni alterarte por nada. Nunca pareciste un ser humano con emociones, como si en serio estuvieras vacío por dentro. Hasta hace poco – agregó, volviendo a lamer su helado, para interrumpirse a sí misma.

Hasta ella...

Su mano tembló un poco alrededor del trozo de cono que le restaba. Nunca se hubiera creído con el valor para decir eso, escondiendo un leve sonrojo en sus mejillas, sin embargo Raúl fingió no escucharla, rehusando –en parte por vergüenza, y en parte por desánimo- todo contacto con la realidad.

Pero Paula continuó:

- ¿Tienes idea de cuántas personas son capaces de encontrar a alguien que los llene por completo? – se levantó, poniéndose frente a él para despedirse -. La respuesta es, casi siempre... ninguna.

XXI

La tarde aquella era fría, como de costumbre en la capital, pero pareció envolverse aún más en sí luego que la garúa terminara. Sobre las flores las gotitas de agua asemejaban a pequeños trozos de diamante, hasta rodar por los pétalos y desvanecerse hacia el interior. El patio aquel era amplio y hermoso, bastante tranquilo la mayor parte del tiempo, puesto que los pacientes estaban divididos en grupos que se turnaban el permiso para tomar aire libre fuera de las habitaciones.

Marina estaba en el grupo de "pacientes especiales", tanto por tratarse de la nieta del ex director, como por su conducta ejemplar durante la estadía. Lo cierto era que, sin contar con los instantes en que Cristal tomaba el control, ella se mantenía serena, amable, y dispuesta para con todos a su alrededor.

Solía pasear a lo largo de la arboleda, o tenderse sobre el césped a leer alguna historia romántica, para acabar buscando tréboles de cuatro hojas durante horas, con la sola intención de matar el tiempo. Pero el tiempo se extendía a veces demasiado, permitiéndole sentir otra vez lo reducido que se había vuelto su mundo.

Además de su abuela, Agustín era quien más pasaba a visitarla, aprovechando su propio empleo dentro de la clínica. Dado el relacionamiento afectivo que había entablado con la personalidad alterna de Marina, no era posible que tomara parte profesional en el caso, no obstante Cristal lo llamaba cuando emergía, y tanto su abuelo como los otros psiquiatras y psicólogos habían aceptado que parecía estabilizarse al saberlo pendiente de ella. Y sí que lo estaba.

Desde la mañana que se reunieron en el aeropuerto, no se había apartado más que lo estrictamente necesario. No por Marina –lo que ella bien sabía- sino por Cristal. Esa parte de ella que nadie más llegó a ver como "alguien", a no ser él.

- *Realmente la amas, ¿cierto? – le había preguntado, casi inocentemente.*
- *No te sabría decir – dijo él – si es correcto pensar que la amo a ella, o te amo a ti, ya que ella no existe.*
- *Ella existe.*
- *Marina... Mientras creas eso no serás capaz de mejorar. También yo debo aprenderlo, aunque cueste.*
- *Sé que es mentira – dijo, dirigiéndole una mirada triste -, pero tengo miedo de admitirlo. Quiero creer que tuvo la oportunidad de querer a alguien, porque sin duda te quiere a ti.*

Él le correspondió a la mirada, largamente, hasta que ambos fingieron distraerse.

- *Si mi hermana estuviera aquí – siguió ella - ustedes hubieran sido muy felices... Lo sé.*
- *Yo también lo sé – sonrió él, tomando una revista para disimular, queriendo dejar de lado esa difícil conversación -. Dime, ¿me harías un enorme favor?*
- *¿Cuál?*
- *Sé que ella debe desaparecer un día, y de verdad deseo que te recuperes lo mejor posible, pero – su voz pareció entrecortarse, por sólo un segundo -... mientras tú y los demás estén de acuerdo, y en tanto eso no te perjudique, me gustaría acompañarla... si es posible hasta el final – acabó, escondiendo su rostro entre las páginas.*

"Hasta el final". Sin importar las circunstancias. Aunque fuera el amor más tonto e irracional en el mundo. Aunque no mereciera siquiera el llamarse de esa forma.
- Claro que sí...

Entre el último montón de libros que le había prestado estaban incluidos varias novelas románticas y un poemario de Neruda. *Veinte poemas de amor y una canción desesperada.* Ese título, que a Marina le hacía recordar el incidente primero que utilizó para presentarse ante Raúl. Manuel nunca supo en detalle para qué elucubrada actuación había ella usado a su perro, pero vaya que le recriminó por crearle una mala imagen.

Kory era un can sumamente cariñoso, a pesar de la raza a la que pertenecía. Bien entrenado y protector de quienes consideraba sus camaradas. Manuel lo había educado con esmero, demostrando a ciencia cierta que un *pitbull* podía ser una mascota fiel y un perro de familia, con dotes actorales además.

Cuando se despidió de ambos, su amigo le prometió que la visitaría tan pronto se graduara, pero ella le había hecho entender que no deseaba verlo en esa situación. Ahora, un mundo nuevo de responsabilidades y sacrificios les aguardaban tanto a él como a Paula, empezando su vida en la universidad. Le hizo entender incluso que no le alcanzarían las horas para extrañarla, ni para pensar en ella más que unos breves instantes, tal vez antes de dormir, pero el chico no estaba de acuerdo. Tal como su compañera de clases, los escasos años de experiencia en la vida ya les habían dejado lecciones duras y aprendizajes que muchos no consiguen hasta luego de varias décadas sobre la tierra. La edad no define la sabiduría, desde luego, ni la madurez.

Cuando la conoció contaba solamente con seis años. Ese período vital en que uno es un egoísta sin remedio, se queja por todo, y detesta a los miembros del género opuesto. La edad en que creer en Santa Claus o el Conejo de Pascua es totalmente aceptable, aunque se empieza a sospechar que son sólo mentiras de los adultos. Pero ella, era casi una adolescente y aún lo creía. La amiga de su hermano mayor, ya que estaban en la misma división en las clases de karate. Con cabello negro corto, grandes ojos expresivos, y un tono de voz particularmente chillón. Debió parecerle antipática a primera vista, pero le había acercado tanto su rostro al de él, agachándose lo suficiente, que provocó que le diera pena.

¡Eres tan lindo – le dijo -, *que si fueras mayor te secuestro y me caso contigo!*

Marina fue siempre igual, no sólo en su físico –que a los trece años ya era casi idéntico al de la actualidad- sino en su forma de ser; en esa alegría inexplicable con la que se obligaba a pasar los días.

Sólo seis años después, cuando él continuaba siendo un niño y ella era ya una adulta estudiando su carrera, Manuel le confesó que se había enamorado sin remedio. Sin saber hace cuánto, ni exactamente por qué, lo que albergaba en su corazón debía ser el naciente sentimiento del amor. Su amiga se sonrojó.

- *Lo siento.*
- *¿Es porque soy un niño? – se quejó él -, ¡porque voy a crecer!*
- *¿Más? – sonrió ella, notando que eran ya de la misma estatura -. Sé que crecerás, te convertirás en un hombre muy atractivo y muy bueno… pero ya tengo alguien a quien quiero de esa forma.*
- *No sabía que tenías novio.*
- *No es mi… - ella suspiró, acercándose a su amigo para besar su mejilla en gesto fraternal -. Aún eres joven, así que no estoy segura si lo puedes comprender, pero el amor es algo que aparece de la nada, y que puede seguir ahí toda la vida, aunque no tenga esperanza.*

"No hay amor más puro que aquel que sin tener esperanzas, continúa firme ante la adversidad. Sólo porque sí."

La tarde del 26 de junio se presentó soleada, aunque profundamente fría, incluso más que lo habitual. Por el camino, en el vidrio del automóvil la neblina permitía dibujar figuras extrañas sobre su superficie, para borrarlas de nueva cuenta con una simple exhalación. El silencio era un sonido muy familiar, pero el lugar al que se dirigían era mucho más familiar y más silencioso que ninguno.

Cuando el auto gris se detuvo, la pelinegra bajó sin hablar con nadie ni pedir permiso, adentrándose por el portón hacia el camposanto tras dar un saludo mecánico a los vigilantes, que la recordaban con claridad. Llevaba un blusón azul marino sobre un jean negro, además de una bufanda a cuadros de ajedrez, y botas oscuras sin tacón. El cabello sujeto en una rosca hacia atrás, con unos pocos mechones largos hasta la cintura cayendo a los lados. No se tomó la molestia de ver hacia atrás, pues la costumbre de cada año se respetaba religiosamente: ella era la primera en visitar a su hermana, y sólo luego de eso sus abuelos y otros familiares podían hacer lo propio. Continuó caminando por entre las inscripciones, sobre el verde césped a su alrededor, y sin detenerse a leerlas para no resentir la partida de nadie nuevo. Lo cierto era que conocía de memoria casi la mitad de los nombres que descansaban en esas sepulturas, considerándolos como "vecinos" de Cristal.

La tumba que buscaba estaba un poco más adelante, en medio de una pequeña colina, con una cruz de metal clavada junto a la lápida horizontal. A sus costados, todas las tumbas compartían con ella algo en común: pertenecían a niños. De todas las zonas en que estaba subdividido aquel cementerio, quizá fuera la que mayor tristeza provocaba al contemplar, al leer, al darse cuenta de las vidas que se habían extinguido con demasiada prontitud.

Cristal Elizabeth Freire Moreau, 1988-1997...

Marina se arrodilló y cerró los ojos, incapaz de ponerse a rezar. Otro año transcurrido tan rápido, aunque con varios sucesos que lo volvieron distinto de los predecesores. Según su psiquiatra, un momento emocionalmente significativo como la visita a la tumba de su hermana debía constar un juicio de realidad para ella, permitiéndole analizar de nueva cuenta quién estaba aún en este mundo y quién no. Pero de alguna forma, la Cristal que descansaba en su inconsciente se acallaba por completo al llegar esta fecha, como resistiéndose a presenciar una inconsistencia existencial de semejante magnitud.

Realmente, Marina había cometido un sinnúmero de locuras tras la pérdida de su gemela, incluyendo prácticas de brujería y ritos para comunicarse con los espíritus. Cosas que nadie sabía, incluso. Siempre desesperada, siempre corriendo tras un rastro que ya nadie era capaz de seguir. Lo dejó de lado cuando se percató del error, de que nunca tendría poderes sobrenaturales, ni lograría hablar con los muertos, ni ver fantasmas. Incluso en días como el presente, con tantas almas en pena que podrían estar rondando a su alrededor, no sentía absolutamente nada. Silencio. Soledad. Muerte. Nada.

La brisa soplaba con suavidad, elevando el pasto que se desprendía y colando el aroma húmedo de la tierra. Marina escuchó pasos acercándose, pero no abrió los ojos hasta percibir un suave aroma de rosas y lirios, que perseveró sobre todos los demás. Alguien acababa de dejar flores sobre la lápida. Alguien que nunca hubiera esperado volver a ver.

¿Raúl?

La mirada que le dirigió fue algo incomprensible. Iba cubierto por una gabardina negra que lo abrigaba casi a cuerpo entero. Su respiración parecía apenas agitada,

humeando gélidamente como si acabara de correr por un largo trecho para llegar ahí.
- ¿Qué haces aquí? – le dijo, volviendo la vista hacia el frente. Él estaba de pie unos metros hacia atrás, por lo que de esa forma se evitaba verlo -. ¿Cómo fue que encontraste este lugar?
- Isabela… - respondió él, casi en un murmullo. Por supuesto, su hermana mayor también vendría para la misa conmemorativa, pero, ¿por qué lo había traído a él?
- Si supieras cuántas noches dormí a la puerta de su departamento, sólo para pedirle una y otra vez que me dijera dónde estabas.
- ¿Por qué?
- ¿Por qué? – repitió, un poco incrédulo -. Porque quería verte, ¿hacen falta más motivos?
- Bien – tomó ella el ramo de flores para esparcirlas, notando que sus manos temblaban -, ya me viste. ¿Puedes irte ahora por favor?
- Marina…
- Vete Raúl. Isabela no debió conmoverse con tu gesto de terquedad. Con tu presencia aquí, asumo que lo sabes todo, entonces no entiendo por qué insistes con esta tontería – calló unos segundos, dando un largo suspiro que se escuchó lleno de dolor -. Si había algo en el mundo que no deseaba, era que me vieras así, que supieras la verdad.
Él se acercó con intención de abrazarla, pero la chica reaccionó antes, saltando para ponerse frente a él, a un par de metros de distancia. Sus ojos reflejaban profunda tristeza, sin ánimo de esconderla más.
- Ya le he vuelto miserable la vida a mucha gente - agregó -, no me hagas sentir culpable por ti también.
- Mi vida era miserable desde antes que llegaras – le admitió él, mirando un momento al horizonte -, así que no te des crédito por eso. Al inicio tu sonrisa me desesperaba, me parecía hipócrita, porque tenía

envidia de lo feliz que te mostrabas. Ahora me hace falta verla, porque me hace falta verte – continuó, suavizando el tono -. Después de todo lo que pasó, y de todo lo que vivimos, no me digas que puedes quedártelo como un recuerdo bonito y continuar sonriendo como si nada. Porque yo no puedo.

Marina le dio la espalda y trató de reírse, fingiendo que aquello le daba gracia. Al menos no había gente alrededor que pudiera contemplar su absurda escena. No quería que él la viera llorar, también porque había prometido no derramar lágrimas sobre la tumba de su hermana.

- No soporto la idea de perder a nadie más – prosiguió Raúl, esforzándose en decir las siguientes palabras -: por eso vine por ti.

De haberla tenido a su alcance, hubiera notado lo mucho que la mirada de ella pareció brillar al escucharlo.

- Raúl, no me hagas reír. Está claro que no lo entiendes – volteó hacia él nuevamente, decidida a dar el asunto por terminado -. Estoy loca, tal como siempre lo dijiste. Ahora mismo mi casa es una clínica para enfermos mentales. He tratado de matarme muchas veces, y tengo todavía la cicatriz del último intento – se la mostró, estirando el brazo izquierdo -, así que por favor repíteme eso que dijiste, ¿qué viniste por mí? ¡Dilo de nuevo! - gritó -, ¡dilo para que las dos te oigamos!

- Vine por ti – repitió él, sin inmutarse, y avanzando a paso lento hasta acortar distancias con ella -. No te mentiré, cuando Isabela me lo dijo, no estoy seguro de qué tantas cosas vinieron a mi cabeza. Fue como si el cielo y la tierra se juntaran, pero pasaron varios meses, con muchos amaneceres allí donde te gustaba ir, que me permitieron poner en orden mis ideas. Por eso – se acercó más, hasta poder estirar su mano para tocarle la mejilla -, no me importa lo que seas, ni lo que vayas a ser el resto de tu vida.

Así es como te conocí, y así es como me enamoré de ti.

Marina luchó por encontrar palabras lo bastante duras como para rebatirlo, pero su mente no se lo permitió. Era como quedarse en blanco, temblando, quizá por el frío o quizá por la soledad. Raúl la haló sin más para abrazarla, aprovechando su visible confusión. La sostuvo fuerte y suavemente a la vez, aunque ella continuaba paralizada.

Largos metros a la distancia, Isabela pasaba el rato junto a sus abuelos, luego de explicarles a breves rasgos la situación, pidiéndoles que no intervengan. No era sencillo, ni estaba dotada de la paciencia para defender a quien unos pocos días atrás todavía amenazaba con cuchillos para que la deje en paz. Pero lo había visto cambiar en realidad, sufrir, llorar incluso –aunque a escondidas- y quizá esa fue la circunstancia que la acabó por convencer.

- No importa lo que pase, no me voy a alejar de ti – siguió Raúl -, y necesito que me prometas lo mismo.
- No lo haré – se negó ella, mas sin resistirse al abrazo -. Sabes que es imposible.
- ¿Me amas?

Raúl se separó un poco, para tomarle el rostro entre sus manos y lograr que lo vea directamente a los ojos.

- Responde.
- ¿A qué viene esa pregunta ahora?
- Responde – insistió él -, porque de eso depende.

La oscuridad en los ojos de Raúl ya no estaba más. Marina los contempló sin reserva alguna, permitiéndole leerlos como a un libro abierto que no tenía secretos por esconder. Ninguno, igual que una fuente donde puede verse el fondo incluso desde la lejana orilla.

- Sí – dijo -. Ya lo sabes.
- Entonces deja de dudar - le dio un breve beso en los labios -. A partir de hoy, tú eres el sentido de mi vida.
- Pero Cristal te odia.

- Pues yo la amaré tanto como te amo a ti, y lo haré hasta que ambas se hagan una, y vuelvas a estar completa. Y entonces te amaré todavía más.
- Raúl – seguía ella oponiéndose -, yo no puedo volver.
- Lo sé. Encontraremos la manera - empezó él a pensar, abrazándola aún -. Te vendré a visitar cada semana.
- No creo que tu presupuesto dé para eso – le hizo ella notar -, además vas a iniciar tu último año de carrera y no tendrás tiempo. Así que ni lo pienses.
- Es verdad, pero…

Marina volvió a suspirar, separándose, mirando hacia la tumba, trayendo a su memoria muchas cosas tristes antes de fijar la vista nuevamente en Raúl. Aquello debía ser un sueño, como el que tuvo cuando fue a visitar a su hermana a su nuevo departamento, y sin querer lo vio, luego de tantos años. Un milagro. Un golpe de suerte en medio de un amplio panorama de desolación. Pero hoy, ¿acaso merecía lo que le estaba ocurriendo? Aquella posibilidad, aunque fuera solamente eso, le daba mucho miedo.

No funcionará - le susurró una voz, pero se resistió a creerle –. *Le arruinarás la vida, tanto como ya has arruinado la tuya.*

Él estaba ahí, para ella. La amaba. No tenía fuerzas para arrancarlo de su lado, incluso si no hacerlo los condenaba a los dos.

- Una… visita… al mes – dijo, aún con vacilación, juntando las manos de él con las suyas, en búsqueda de calor -. Me permitirán salir un fin de semana al mes así que sería ideal para vernos… Si tú quieres.
- Quiero – aceptó él, sonriéndole con cariño, antes de besarla en la frente -. Lo prometo, que te cuidaré.

Sonaba sencillo, pero no lo era, y ambos lo sabían. Hacer promesas es tan fácil como hablar, incluso si vienen del corazón. El universo da demasiados giros sobre sí mismo, y en cada uno trata de destruir las cosas creadas con anterioridad, cambiándolo todo continuamente. Porque la vida suele ser así. Porque generalmente lo es.

XXII

Las antiguas nubes grises parecían despejarse poco a poco, dejando ver rastros de la luz del sol, pero ¿eso es garantía de que la estación ha cambiado, o sólo un engaño? Días, semanas, meses transcurridos. Realmente esta vez quería creer que las cosas mejorarían, y que valía la pena intentarlo. Que valía la pena desear ser feliz.

El flash de la cámara del celular la dejó desorientada unos segundos, tras lo cual repasó la posibilidad de enviarla por mensaje –como le pidieron- pero su recato la detuvo.

La verás cuando regrese – pensó, disimulando el sonrojo.

Isabela fue la primera en salir del vestidor, llevando un bikini verde oscuro cuya parte superior se ataba tras el cuello. Le daba un poco de vergüenza notar lo mucho que su busto resaltaba con ese modelo, pareciendo más grande incluso que lo habitual, pero el color le gustaba sobremanera. Pasados unos minutos tocó la puerta del vestidor contiguo, algo preocupada por la demora de su hermana.

- Marina, ¿aún no estás lista?
- Hmm – se quejó la aludida desde dentro -. ¿Por qué me compraste este traje de baño? ¡Es como para una niña!
- Es para una adolescente – admitió la rubia -, pero los de adulta te quedarían muy grandes, y dudo que quieras quedar desnuda en plena piscina. Sal ya...

Los chicos te dirán que luces linda aunque te pongas una funda de basura.

La pelinegra aceptó de mala gana, saliendo tras hacerse un par de colitas en su largo cabello. Su traje no era un bikini sino un modelo entero, con una simpática mini faldita saliendo desde las caderas, que no alcanzaba a cubrir nada en lo absoluto. Color azul, con pequeñas bolitas blancas estampadas a lo largo de la tela. Ni siquiera se miró de frente en el espejo, sabiendo que en cuanto a proporciones jamás destacaría.

Afuera hacía un hermoso día soleado, con escasas nubes blancas cruzando a paso lento por el cielo. Aunque el ambiente no dejaba de ser algo frío, debido al clima de la misma ciudad, la cercanía de las piscinas temperadas se desbordaba por todo el complejo, lo que ayudaba a sentirse cómodo incluso con poca ropa encima.

Manuel fue el primero en ver cuando las chicas se acercaban, alzando su mano en señal de saludo. Tanto Raúl como él las habían estado esperando sentados en las sillas reclinables cuya fila se esparcía ordenadamente alrededor del perímetro.

- Mar, te ves justo como una *loli*. Sonríe para la cámara – le sacó una foto, antes de que ella pudiese reclamar -. Y tú Isa, vaya vaya… no tengo palabras. Gustavo es muy afortunado.
- ¡Calla! – exclamó la rubia en el acto.
- ¿Por qué mencionas a Gustavo? – miró Marina a Manuel, y luego a todos, buscando respuesta -. ¿Qué tiene él que ver?

Raúl se adelantó a tomarla de la mano y llevársela en silencio, antes que continuasen repartiendo chismes. Si bien era un hecho que la mayor de las Freire y su amigo parecían estar enredándose en algo cada vez más personal, era ella misma quien tenía el derecho de platicárselo a su hermanita, cuando lo viera necesario o tuviese ganas.

- No me has dicho cómo me veo – se quejó la pelinegra de pronto, mientras caminaba tras su novio -. ¿Acaso piensas igual que Manuel?

El gesto de su rostro era cómicamente desolado, como si en serio fuera tan importante que le dieran opinión.

- ¿Igual que él? – dijo Raúl -. ¿Por qué lo crees?
- Es que nunca me habías visto en traje de baño. Debe ser una impresión la primera vez, ¿no?
- Pero te he visto con menos ropa que eso, ¿no? – le sonrió él, con una mirada que la hizo sonrojar -. Te ves bien, un poco graciosa, aunque a decir verdad me siento como un pervertido.
- ¿Eh, por qué?
- Todos me miran de forma extraña – le hizo notar, señalando discretamente a la gente alrededor -, como si fuese un pederasta o algo así.

Marina suspiró. Era cierto. Ir en sandalias de playa constituía una mala idea para ella, siendo tan bajita, y con el peinado de colitas y el traje, podría pasar sin dificultades por una preadolescente. Vaya injusticia, mientras Raúl lucía tan genial con esa bermuda negra y su pecho bien formado al descubierto. Hasta podía detectar algunas miradas femeninas encima de él, como perras de caza.

- ¡No lo voy a permitir!
- ¿De qué hablas? – la miró con curiosidad.
- Nada – tosió, de nuevo algo apenada -. ¿Vamos a los toboganes?

Esta ocasión fue ella quien lo haló, pero él se dejó conducir sin oponer resistencia. A pesar que distracciones tan sociales le resultaban incómodas y fastidiosas, ver una sonrisa relajada en Marina lo pagaba con creces.

Por aquellas fechas de octubre se cumplían apenas tres meses desde su promesa, el día que la encontró en el cementerio. La tercera vez que podían verse para pasar tiempo juntos, aunque en la presente Isabela y Manuel los acompañaban. No obstante, la presencia de ellos le permitiría extender la visita un poco más, ya que de esa forma su abuelo no iba a ser tan obsesivamente cuidadoso en ponerle plazos para regresarla a casa, o tan siquiera darle permiso para que la llevara a dar una vuelta.

Viéndola correr así, feliz de un lado a otro, jugando con una pelota inflable o haciendo competencias en el trampolín con Manuel, tuvo recelo de buscar un momento para preguntarle por Cristal. Aunque durante su estadía anterior ella le volvió a contar acerca de los mensajes que le dejaba escritos con lápiz labial sobre el espejo del baño, como "no te lo voy a permitir", o "destruiré todo lo que amas". Incluso si su otra personalidad continuaba sin manifestarse en mayor medida, aquellas advertencias llenas de rabia eran suficientes para mantenerse alerta.

Y él no podía dejar de preocuparse por eso.

- ¿De veras, me lo envía Paula? – la escuchó preguntar -. ¡Es hermoso!
- De veras, de veras – le confirmó Manuel, riendo, y ayudándole a ponerse el brazalete -. Es de plata, así que el agua no le hará daño, y te combina con el traje. Lo cierto es que Paula también quería venir, pero su mamá no la dejó porque ya estamos cerca de los exámenes.
- Pues tú también debiste quedarte a estudiar, ¿no? – le salpicó ella un poco de agua -. Para tu corta inteligencia elegiste una carrera difícil. Paula estará bien, ¿pero tú?
- ¡Oye! Me ha ido bastante bien hasta ahora – pareció el castaño molestarse -. Ya verás que seré un gran médico algún día.
- Lo sé – dijo Marina -, pero me da curiosidad el por qué todos los que me rodean terminan eligiendo la misma carrera – se detuvo a pensar -. ¿Acaso es por mí?
- Quién sabe – le dejó Manuel la incógnita -, pero Raúl no estudia eso, ¿cierto?

- Raúl no cuenta.
- ¿Por qué no cuento? – se metió él a la piscina, tras cansarse de espiarlos -. ¿No me imaginas como médico?
- Sería raro – admitió ella, pensando en la posibilidad -, quizá porque te he visualizado siempre como un químico ermitaño haciendo fórmulas para dominar al mundo desde su laboratorio.

Raúl la miró con cierto gesto de enfado, que hizo que Manuel se riera sin remedio. Se interrumpió cuando Isabela le lanzó la pelota inflable, que habían dejado abandonada hacia una esquina de la piscina.

- ¡Hey! – les gritó -. ¡Están en la parte honda, tengan cuidado!

Se volvió a sentar en una de las sillas reclinables, a leer una revista y tomar jugo de frutas. Tampoco para ella era muy divertido que digamos el exhibirse en público, y tanto menos en paños menores como se sentía. Sobre todo, notar algunas miradas indiscretas dirigidas a su escote o posterior, le provocaba el arrojar a los sujetos de una patada hacia la piscina más honda del complejo. Solamente a un hombre le permitiría que la viera así, y no estaba cerca en ese momento, aunque sí en sus pensamientos.

- Ma-nu-el – llamó Marina la atención de su amigo -. ¿Cómo te va con Paula?
- Te lo acabo de decir, ¿no?
- No es cierto, sólo me has hablado de la universidad y de que son compañeros, etc… Yo me refiero a ustedes dos, ¿están saliendo?
- Hmm… No estoy seguro.
- ¿Cómo es eso?
- Es porque este idiota no ha sido capaz de decirle que le gusta – se metió Raúl a opinar -. Aunque los veo juntos todo el tiempo.
- ¡Tú cállate! No quiero oír de ti sobre que no soy capaz de decir nada, cuando la estuviste acosando

muchos años sin siquiera dirigirle la palabra – se quejó el menor -. No tienes la autoridad moral.

Se hizo un incómodo silencio por breves segundos, hasta que la pelinegra les salpicó agua a los dos.

- Rayos, se portan como niños. En cuanto a Paula, pobre de ella, tiene mala suerte con los hombres, al haberse cruzado con ustedes dos – dijo, con plena convicción.

- Pues entonces es lo mismo para ti, ¿cierto Mar? – se le sonrió Manuel, alejándose para salir de la piscina.

Su amiga le sacó la lengua hasta que él la perdió de vista, yendo a juntarse con Isabela. Cuando regresó su atención a Raúl notó que éste estaba de brazos cruzados, con una mirada algo seria en el rostro.

- ¿Así que mala suerte, ah?

- ¡Sabes que no hablaba en serio! – se disculpó ella, con una risita nerviosa. Nadó hasta ponerse de espaldas a él y lo abrazó desde atrás, tratando de rodearlo con sus brazos -. Sin duda yo soy muy afortunada de que me soportes.

- Eso no…

- Es justo así – se le adelantó ella, con el tono de voz algo melancólico.

Ahí estaba de nuevo, esa sombra invisible cubriendo sus cabezas. Más allá de los besos que le diera, o los gestos con que intentara hacerla sentir bien, al final de algún rincón lóbrego afloraba tarde o temprano la misma sensación de estar haciendo algo incorrecto. Y provenía de ella. La persona más luminosa que nunca conoció, pero que resultaba ser también la más oscura. Aun cuando lo había recibido en su vida, le hacía sentir a ratos que estaban viviendo un tiempo prestado.

La pelinegra se le juntó más, apegándole su pecho contra la espalda y cruzándole sus piernas alrededor de las caderas. Su respiración se distinguía algo cambiante, como ansiosa, en tanto sus manos temblaban ostensiblemente colgándose de los hombros de él. Raúl le dijo algo, pero ella no escuchó; o en realidad sí lo hizo, pero como si cayera mientras tanto en un pozo profundo del que no le era posible salir con sus propias fuerzas.

- Será mejor que salgamos un rato – insistió él -. Además ya casi es hora del almuerzo.

Ella se lo impidió cuando trató de moverse, con tal fuerza que tuvo que apoyarse en el filo de la piscina para no perder la estabilidad.

- ¿Marina? ¿Te sientes bien?

La pelinegra se le apegó aún más, mientras contenía una risita algo siniestra que sólo él fue capaz de percibir.

- Odio admitirlo, pero de verdad te ves muy bien – le susurró cerca de su oído derecho -. Tu cuerpo se siente como el de un hombre.

- ¿De qué estás…? – se interrumpió a sí mismo, intentando verla de reojo -. Tú, eres… ¿Cristal?

- Correcto – asintió ella, cerrando más las piernas para impedir que él pudiera moverse -. Óyeme bien, Marina sabe nadar pero yo no, así que si me haces a un lado para zafarte me iré al fondo de la piscina y me ahogaré. Y voy a esforzarme por golpearme la cabeza y tragar muchísima agua antes de que intentes salvarnos, así será casi imposible. ¿Qué opinas? Si no te gusta la idea, disimula y no te muevas.

- ¿Qué quieres? – le aceptó él, quedándose tranquilo, mientras enfilaba la vista hacia donde estaban Manuel e Isabela, buscando cruzar mirada con alguno.

- A pasado un largo tiempo, ¿no Raúl? – empezó Cristal en tono bajo, virándole el rostro un poco para fingir que lo besaba en la mejilla -. Y recuerdo que te dije claramente que te alejaras de Marina, lo cual no has cumplido. ¿Acaso no te da miedo esta situación? – preguntó, con genuina curiosidad -. ¿Yo no te doy miedo?

- No – dijo él -. ¿Por qué habría de temerte? Tú también eres Marina, aunque te hagas llamar por otro nombre.

En su nuca, pudo sentir que ella resopló con ira, aunque segundos después se echó a reír de forma falsamente encantadora.

- Entonces, si yo también soy Marina, ¿significa que también me amas?
- Lo que implica que, como eres Marina, también tú me amas a mí – le devolvió él su análisis, sonriendo apenas -. Suena gracioso, ¿verdad?
- ¡Yo te odio! –exclamó Cristal, mirando a un lado y otro cuando se percató de su exaltación. Por suerte nadie les prestaba asunto, quizá por estar bastante alejados del resto de personas -. Si tuviera el derecho de sentir algo por alguien, no sería por ti – se atrevió a susurrar, con la imagen de Agustín en su mente -. Por ti, por ti siento lo mismo que siento por mi estúpida "hermanita gemela", así que no te hagas el interesante conmigo.
- Pero dicen que el odio proviene del amor.
- Calla, tú no sabes nada sobre el odio.
- De hecho soy un experto – le rebatió él -. He odiado casi todo lo que existe, incluyéndome e incluyendo a Marina. Por eso de alguna manera lo entiendo, y de alguna forma te entiendo a ti.

Cristal pareció relajarse, mientras Raúl pudo ver que sus manos volvían a temblar. Se preparó para sujetarla, si es que ella intentaba soltarse de improviso, pero entonces le dijo una última cosa al oído que le heló la sangre, antes de empujarlo hacia dentro del agua:

"A ti te mataré primero".

En cuanto inició el forcejeo, las personas que estaban alrededor fueron dirigiendo su atención hacia el único punto, dudando en un principio si se trataba solamente de un juego, al ver la expresión tan alegre de la chica.

Cuando Isabela y Manuel se dieron cuenta, éste último se lanzó rápidamente a la piscina para darles alcance, aunque ambos ya habían desaparecido de la superficie. Dentro del agua, Cristal había subido sus manos hasta apretar el cuello de Raúl, presionando con ímpetu mientras intentaba mantenerlo en el fondo, a más de tres metros de profundidad. Quería que muriera, y que con él toda esperanza se esfumara en el abismo, porque dolía mucho más la incertidumbre de la salvación que la confirmación de la ruina. Y él, se resistió a usar la fuerza para sacársela de encima, repitiéndose a sí mismo que no se perdonaría si la lastimaba en medio de la desesperación, así que se concentró en tratar de ascender, aunque el aire se le estaba acabando por la doble asfixia de que era víctima. En cuanto Manuel los alcanzó, tomó a Cristal por la cintura para despegarla del pelinegro, y ésta al saberse incapaz de oponerse a la fuerza del nuevo chico, usó su último impulso para empujar a Raúl con sus piernas hacia una de las paredes de la piscina, logrando que se golpeara y perdiera la conciencia, justo antes de hacer lo mismo.

"El amor es un apocalipsis y un Big Bang. Es algo que todo lo destruye para crear de los escombros un universo nuevo y particular. Y en ese universo nunca volvemos a estar solos, nunca retornamos a ser los de antes, y nunca podemos escapar. Porque no importan las circunstancias, sigue expandiéndose hacia el infinito, incluso en medio de la densa oscuridad que no nos permite ver hacia donde nos dirigimos. Por eso, aunque todo se desmorone, este desquiciado universo nuestro durará para siempre."

Afortunadamente la pronta intervención del salvavidas y de Isabela evitó que la situación pase a mayores, incluso cuando Raúl tuvo que ser atendido en la enfermería del complejo deportivo, donde despertó un par de horas después del incidente. Tenía un fuerte dolor de cabeza, además de algunas marcas alrededor del cuello, pero fuera de eso su salud física parecía en orden.

- *¿Es tonto el hecho de que yo daría mi vida por ti?*- recordó, habiendo tenido aquel sueño, con una antigua conversación entre él y su madre.
- *No es lo mismo.*
- *Algún día lo entenderás... - le dijo – que hay personas por quienes vale la pena morir, sólo porque sin ellas no vale la pena vivir.*

Creyó entenderlo en ese momento.

En cuanto el médico a cargo le dio una revisión final, le permitió salir hasta la salita de espera, donde su grupo le montaba guardia. Tanto Isabela como Manuel sonrieron con alivio, pero Marina no se atrevió a dirigirle la mirada, llorando hacia una esquina del pequeño edificio.

- Estoy bien – le dijo él, tratando de sonreír, pero ella solamente lloró más.
- Nosotros estaremos afuera – comentó Isabela, dándole un golpecito a Manuel para que la siga -. Todavía no hemos comido nada para esperarlos, así que habrá que ir a otro lado. No se tarden.

Les echó una ojeada antes de cerrar la puerta, apenándose también por lo triste que parecía el ambiente en torno a ellos dos. Las nubes siempre estarían ahí.

En cuanto se quedaron parcialmente solos –ya que el médico estaba tras la separación de la sala-, Raúl buscó sentarse en el sofá grande e invitó a Marina a hacer lo mismo, quien le aceptó en silencio y quedándose lo más lejos posible de él.

- Te dije que estoy bien – reanudó -. No te preocupes.

No le respondieron.

- Ya verás que todo estará bien.
- No estará – susurró Marina, con la vista en las blancas baldosas del piso.

- No seas tan negativa – intentó él consolarla, pero ella le rechazó el abrazo -. Para la próxima vez no me tomará por sorpresa, ¡te lo aseguro!

Ella se levantó de golpe, acercándose para ponerle una mano en el cuello.

- Eres un idiota – dijo, todavía llorando -. ¿No lo entiendes? Cristal me mantuvo semi consciente esta vez, mientras trataba de matarte. Era como estar prisionera de mi propio cuerpo, mientras ella lo usaba a su antojo. ¡Y lo hizo para que te vea morir! ¿Cómo crees que me sentiré si lo consigue en esa "próxima vez"?

- No lo va a conseguir.

- ¿No? – rió, incluso entre lágrimas -. Pero yo no quiero correr el riesgo – suspiró, muy amargamente -. Escucha, si me amas, entonces no regreses nunca más. Aunque haya sido una terrible despedida, que esta sea la última vez que nos veamos. ¡Y no te molestes en negarte porque si vienes no te voy a recibir! ¡Y si insistes trataré de matarte yo misma!

- Eso sería interesante de ver.

- ¡No seas idiota!

Trató de correr hacia la salida pero él la detuvo, volviéndola a sentar. Su mirada negra fue muy dura, como si estuviera molesto por las palabras de ella.

- Puedes rechazarme todo lo que quieras – dijo -, pero seguiré ahí de todas formas. Solamente muerto conseguirás que me aleje de ti, y créeme que no tengo pensado morir hasta luego de varias décadas, así que lo tendrás muy difícil ya seas tú o Cristal quien lo intenten.

- Raúl…

- Además – siguió, ahora un poco sonrojado -, hace mucho tiempo me pediste que piense un nombre, y ahora por fin sé cuál quiero que sea: Ángel, como mi hermano.

- ¿De qué estás hablando?
- El nombre de nuestro primer hijo.
- ¡¿Eh?! ¡¿Qué?!

Curiosamente, ella tuvo una reacción bastante similar a la de Raúl aquel lejano día, cuando le hizo aquella pregunta fuera de lugar para fastidiarlo. ¿Y él lo recordaba? Incluso más, ¿se lo había tomado en serio?

- Óyete – se sonrojó también -, y luego dicen que yo soy la loca.
- Bueno – la abrazo él de improviso, para que no pudiera rehusarse – quizá también tengo algo de eso. Pero el hecho es que te amo, así que me molesta cuando dices cosas como esas, y me hiere, mucho más que lo que Cristal podría llegar a hacer.
- Sólo quiero tu seguridad – volvió ella a llorar -, además después de lo de hoy no me permitirán salir en varios meses. Es lo más natural tras un intento de homicidio.
- Esperaré. Y me voy a mudar acá tan pronto me gradué, para estar más cerca de ti. Aparte – agregó -, quizá mi abuela venga conmigo ya que muere de ganas de verte. Ya sabes que te adora.
- Se me hace raro eso después de todo lo que ya sabe.
- Ciertamente, pero me pegó por haberme tardado tanto en venir a buscarte la primera vez – rió -, así que no dudes de ella. Ni de mí.

Marina suspiró, y él aprovechó para besarla. Con mucha suavidad, acariciándole la mejilla al compás, viéndola largamente a los ojos cuando se separaron.

- Dame tu mano – se la tomó sin esperar, arrodillándose un momento para besársela.
- ¿Acaso me pedirás matrimonio? - se burló ella, limpiándose las lágrimas con su mano libre -. Eso sería el tope de tu locura.
- Pues lo haré tarde o temprano – admitió de mala gana, entre molesto y avergonzado -, pero ahora diré

otra cosa – la sostuvo con mayor firmeza -. Nunca me alejaré de ti, y Cristal no me vencerá. Jamás dejaré que te escapes, ni siquiera si tú me lo pides. Así que no huyas, o harás que te persiga hasta el mismísimo infierno... y te aseguro que lo haré.

La soltó y se puso en pie sin decir nada más, volteando para que ella no pudiera verle la cara. Posiblemente su novia tenía razón y él estaba un poco loco también, por decir unas frases que más que a un enamorado asemejaban a las de un cazador obsesionado con su presa. Pero era su estilo de querer, y dentro de ello le había costado un mundo verbalizar todo eso.

Marina lo vio esconderse, y había notado el leve temblor de su cuerpo cuando le hablaba, entendiendo perfectamente que él tenía miedo. Miedo de ella. Miedo de él. Miedo del futuro. Y a pesar de todo le estaba dejando claro que seguiría ahí, ya fuera por terquedad o por amor.

¿Cómo no amar a alguien así? Alguien que sabe lo peor de ti, y aún se queda. A alguien que se queda justamente por eso.

Entonces corrió delante de él y lo abrazó, como nunca antes. Con rendición, como si le abandonara su vida, tal como él acababa de hacer con la suya. Porque iba a ser así. Se mantendrían vivos uno al otro de ahora en adelante, porque desde que se conocieron, sin darse cuenta, se volvieron incapaces de continuar solos por el camino.

Printed in the United States
By Bookmasters